伯爵と身代わり花嫁

Hotaru Himekawa
妃川螢

CHARADE BUNKO

Illustration

水貴はすの

CONTENTS

伯爵と身代わり花嫁 ―――――――― 7

あとがき ―――――――――――― 230

エトナ山の麓《ふもと》に広がる肥沃《ひよく》な大地、豊富な水源、燦々《さんさん》と降り注ぐ太陽光が鮮やかな緑をより美しく輝かせる。

イタリア共和国シチリア特別自治州の東、観光地として知られるタオルミーナからメッシーナにかけての海岸線とイオニア海の紺碧《こんぺき》が、これ以上ない美しい情景を生み出す。たわわに実るオレンジとレモン、灰がかった葉色のオリーブ。春先に咲き誇るアーモンドの花も素晴らしい。

数世紀の歴史をこの地で刻んできた荘厳《そうごん》な館《やかた》の居室から、見渡せる限りの広大な領地は、この地を治めてきた貴族の血脈が受け継いできた繁栄の証《あかし》だ。

午前中はその姿を見せていたエトナ山の山頂に雲がかかりはじめて、プレジデントチェアに背をあずけ、頬杖《ほおづえ》をついて、見慣れた、けれど見飽きることのない景色を見るともなく眺《なが》めていた男は、時間の経過を知った。

傍《かたわ》らのデスクの上で、ノートパソコンのディスプレイが幾何学模様を描いている。

その下には、懇意《こんい》の調査会社から届けられた報告書が二通。

パソコンの横には、古めかしく封蠟《ふうろう》のされた封書と、語学に堪能な男にも解読が難しい毛筆で書かれた日本語の書状。どちらもいくらかセピア色に染まり、すでに開封されて久しい。

部屋のドアがノックされて、コーヒーポットの載ったワゴンを押して現れたのは、父の代からこの屋敷のいっさいを取り仕切る老執事《しつじ》だった。

「航空券は手配済みでございます」

報告とともに、エスプレッソカップがデスクに置かれる。

世界恐慌と世界大戦に揺れた二十世紀、植民地での栽培に成功したフランスと違い、当時コーヒー豆の自給手段を持たなかったイタリアが、貴重な小量の豆から抽出効率をはかるために編み出した画期的な味わいは、この国の歴史そのものだ。

数口で飲み干した主のためにおかわりを注ぎつつ、老執事はもうひとつ報告を上げる。

「好きにしていいとお許しをいただきましたので、ルカが嬉々として温室と庭園をいじっております」

世界的なコンクールで賞を取るほどの腕を持ったお抱え庭師に任せて間違いないと太鼓判を押す。それに頷《うなず》いて、男は幾何学模様を描きつづけるパソコンのディスプレイに軽く触れた。

そこに表示された画像を目にした老執事が、「なんともお可愛らしい……」と、微笑《ほほえ》ましげに目を細める。

「坊ちゃまの花嫁をお迎えできる日がこようとは……」

当主の座に就《つ》いてすでに何年も経つ主を坊ちゃまと呼ぶのは、幼い日からを知る老執事の悪い癖《くせ》だった。

「その呼び方はやめてくれ」

長嘆とともに言うと、「失礼いたしました」と腰を折るものの、その目は相変わらず細められている。

ディスプレイに視線を戻して、男は微苦笑を刻んでいた口許《くちもと》に、今度はニンマリと策略家の笑みを浮かべた。そして呟《つぶや》く。

「許嫁《いいなずけ》殿に会える日が楽しみだ」

たとえ当人のあずかり知らぬところで勝手に交わされた約束だろうとも。

1

海外旅行は、高校の修学旅行以来、二度目だ。

でも、修学旅行の行き先は台湾で、四時間ほどのフライトにすぎなかった。今回はその倍以上の時間をかけて、途中ローマで国内線に乗り継ぎをし、降り立つ地は、地中海に浮かぶシチリア島。

ファーストクラスの豪勢な機内食を堪能し、映画を観まくり、興奮のあまり一睡もできないでいるうちに、飛行機はランディングアプローチに入っていた。

小さな窓の外には、地中海の青い空と白い雲と、眼下に広がる緑の大地、噴煙を上げるエトナ山。

「うわぁ……すごい……」

とうとう来たんだぁ…と、凛《りん》は小さな窓にかぶりつく。

その視界のなかで、徐々に徐々に陸地が近づいて、機長の腕が良かったのだろう、ジャンボジェット機は大きく揺れることもなく、ふわり…とシチリアの地に降りた。

榀木凛《ゆうき》がシチリアに赴《おもむ》くことになったのは、同級生から受けた相談がきっかけだった。

ここのところ元気がない友人を気遣って、「どうかしたのか？」と訊《き》いたのが、そもそもの事のはじまりだった。

きつい性格の凛とは対照的に、おとなしい気質の三沢鈴音《みさわすずね》は、大きな瞳でじっと凛を見たあと、「どうしよう……」と泣きはじめてしまったのだ。

「ど、どうしたんだよ？　鈴音？」

「僕……顔も知らないひとと結婚させられちゃうかもしれない……」

「はぁ？」

あまりに突拍子《とっぴょうし》もない話に目を丸め、思わず「なにそれ？」と身を乗り出す。鈴音は「おじいちゃまのバカ～！」と、泣き伏してしまった。

高校時代に事故で両親を亡くし、天涯孤独《てんがいこどく》の身の上の凛と違い、鈴音は代々つづく華道の家元の次男坊だ。家は長男が継いでいて、本人は自由の身のはずなのだけれど、亡くなったおじいさんが、とんでもない遺産を残していたことが、つい最近になって発覚したというのだ。

「許嫁〜⁉」

二十一世紀の世に聞くことになろうとは、思いもよらない単語を聞いて、凜は鈴音に負けないほど大きな目を、零《こぼ》れ落ちんばかりに見開いた。

「僕が生まれる前に、お嫁にやるって、約束したって！」

生まれてきた孫を、嫁にやる約束を、亡き祖父が勝手にしていたというのだ。しかも相手はイタリア貴族。

「お嫁って……おまえ男だろっ」

嫁というからには、相手は男のはずで、どうして許嫁などという話がまかり通るのか。

「おじいちゃん、女の子が生まれるって、思い込んでたんだよぉっ」

そして数日前、大学生になったのを機に正式に婚約を結ぼうと、イタリア在住の許嫁が航空券つきの招待状を寄こした。鈴音本人はもちろん、そんな話を聞いた記憶のない鈴音の両親も兄もビックリ仰天。

「なんで男だってわかったときに解消しなかったんだ！」

いまになってどうしてそんな事態になるのかと、呆れも通り越して怒鳴ると、鈴音は涙の上に涙を重ねた。

「僕に怒んないでっ」

そんなバカらしい約束など、ちゃんと説明してなかったことにすればいいではないかと庶《しょ》民《みん》の凜は思うのだが、上流社会には庶民には理解しがたい、いろいろ面倒くさい付き合いがあるらしい。

華道の普及と振興に、鈴音の許嫁となっているイタリア貴族がかなりの額を出資してくれているらしく、下手な断り方はできないというのだ。

華道界を背負っている両親からも、家督《かとく》を継いでいる兄からも、とりあえずイタリアまで行ってくれと頭を下げられて、気のやさしい鈴音には断れなくなってしまったらしい。

「凜、助けて!」

「助けてって……」

そんなの、とにかくイタリアへ行って、生まれてきた子は男でした、ごめんなさいと、頭を下げれば済む話なのではないのか?

「それで済む話なら、こんなに困ってないよぉ」

コケにされたと相手が激怒して、慰謝料ならまだしも、日本華道界に両親が顔向けできないような状況に追い込まれたら、いったいどうしたらいいのかと、鈴音がさめざめと泣く。

「ええっと……とりあえず、こちらが優位に立って、その上で婚約解消できればいいってこと?」

向こうが文句を言えなければ問題ないのだろう? と言うと、鈴音が可愛らしく口を尖《とが》らせた。

「どうやって？」

「どうやってって……」

どうしたら可愛い親友を助けてやれるか、凛は考えを巡《めぐ》らせる。う～ん……と腕組みをして、斜め上方を見やり、長い睫毛《まつげ》を瞬かせる。そして、ひとつ思いついた。

「なぁ、そいつ、鈴音の顔、知ってるのか？」

「さあ……でも、僕が男だって知らないくらいだから、写真は送ってないんじゃないかなぁ」

送っていたとしても、男か女かの区別もつかないくらい幼いころのものだろうと言う。

大学一年生になったいまでも性別を間違われるほどに、そこらのアイドル顔負けに可愛らしい鈴音ならわかる話だ。

凛がそう言うと、鈴音はいつも、「凛のほうが可愛いよ」と言うのだけれど、性格がねじれまくった自分と鈴音とでは比べようもない。

「へへ、いいこと思いついいちゃった」

凛がニンマリと口角を歪《ゆが》めると、鈴音がきょとりと首を傾《かし》げる。その耳元に顔を寄せて、凛は思いついた作戦を説明した。

「えぇっ⁉　そんなこと……」

無理だよっ、と言う鈴音に、「大丈夫だって」と太鼓判を押す。

「で、でも……凛、いいの？」

本当に？　と心配する鈴音に、凛は「まかせとけ！」と胸を叩《たた》いた。

「ヤバくなったら、鈴音は俺にチケット盗まれたって、言えばいいから」

そうすれば、三沢の家が責任を問われることはないだろう？　と言うと、鈴音はパァァ……ッと顔を綻《ほころ》ばせた。

「凛～！」

ありがとう！　大好き！　と抱きついてくる。

ほとんど変わらない背恰好《せかっこう》ながら、鈴音のほうが凛より若干華奢《きゃしゃ》だ。その細い身体を受けとめて、凛は密かにほくそ笑む。

――これで墓が直せる！

半月ほど前に襲った季節外れの暴風雨で、両親と祖父母の眠る墓が壊れてしまって、でも修繕費など出せるわけもなく、困り果てていたところだったのだ。

鈴音の身代わりになってうまいこと婚約者だというイタリア貴族をだまくらかし、婚約を解消させ、ついでに慰謝料も巻き上げる。

それが凛の立てた計画だった。

そのために、相手は鈴音の顔を知っているのかと確認したのだ。

顔がバレていなければ、おとなしい鈴音などより、小賢《こざか》しい自分のほうが適任だ。

両親を亡くして天涯孤独になったとき、凛は社会の理不尽を痛感した。そして、したたかに生きることを学んだ。

騙《だま》されるより騙せ、利用されるより利用しろ。それが凛の信条だ。

そんな凛にとって、鈴音は数少ない、心を許せる友人で、そんな鈴音を利用することに多少の後ろめたさはあるものの、結果的に鈴音のためにもなるのだから、そのへんは大目に見てもらおう。

――待ってろよ、エロ貴族！

聞けばひとまわりも年上らしい。ファーストクラスのチケットごときで懐柔《かいじゅう》しようとは片腹痛い。エロオヤジなど、この自分が成敗《せいばい》してくれる！

そんな決意を胸に、凛はひとり、機上のひととなった。そうして辿《たど》りついた、シチリア島だったのだ。


ローマで国内線に乗り継いで降り立ったのは、カターニア空港だった。シチリア島東部の玄関口といわれている空港だ。

さすがはファーストクラス、荷物にいっさい手を触れることなく出口に辿りついて、自動ドアが開いたら、そこには黒塗りのリムジンと、腰を折る運転手。

「三沢鈴音さんですね」と、流暢《りゅうちょう》な日本語で呼びかけられ、エスコートされて、はじめて座ったリムジンの乗り心地は、一生忘れないだろうと凛は思った。

乗り込んだリムジンでは、軽食と飲み物が供され、「あちらがエトナ山です」などと案内までされて、優雅なドライヴを楽しむこと三十分あまり。

「あのぉ、まだですかぁ？」

空港からずいぶんかかるんだなぁと、焦《じ》れた凛が運転手に尋ねると、「もう少しでお館が見えてまいります」との応《いら》え。

「ホテルに使われている建物は手前にあるのですが、旦那さまのお住まいは敷地の奥のほうにございますので」

広い敷地内には、鈴音の許嫁である貴族が住まう館のほかに、ホテルとして開放している建物や果樹園、牧草地などもあって、目指す館はまだ先だという。

「……え？　じゃあ、もしかして……」

ここはすでに貴族の領地の一部？　と目を丸くすると、運転手は微笑ましげに頷いた。

「……うそぉ」

田舎道を走っているのかと思いきや、すでに敷地内に入っていたとは……。

いつの間に？　と、車窓にかぶりつくと、木々の切れ間から、遠くに建物が見えてきた。

「お城だぁ……」

おとぎ話の挿絵《さしえ》に見る、高い塔を持つ城とはだいぶ違うが、宮殿というか城というか、とにかく、凛の考える〝家〟の範疇《はんちゅう》からは大きく逸脱した建物であることは間違いない。

何度か遊びに行った鈴音の家も、代々つづく華道の家元だけあって、時代劇に出てきそうなすごいお屋敷だったけれど、そもそも日本とは土地の広さが違う国のお屋敷は、その比ではない。

「あれが、家……」

唖然呆然《あぜんぼうぜん》と車窓を眺めているうちに、遠目に見ていた建物が徐々に近づいて、リムジンはエントランスの車寄せに滑り込んでいた。

「おつかれさまでございました」

運転手にドアを開けられ、放心状態で降り立つ。建物は遠目に見て想像するよりはるかに大きく、豪奢《ごうしゃ》で美しかった。

「ようこそおいでくださいました」

出迎えてくれたのは、銀髪にやさしい眼差しの、品のいい老人だった。今度も日本語で出迎えられて、凛はホッと安堵《あんど》の息をつく。

「こ、こんにちは」

つい頭を下げてしまって、いやいや上流に属する人間は、使用人に頭など下げないのではないかと思い直して慌《あわ》てて上げる。鈴音に、もっとあれこれ教えてもらっておけばよかったと後悔しても、ここまで来てしまってからでは意味がない。

「長旅でお疲れでございましょう。どうぞこちらへ」

促されて、まるで美術館か博物館のような建物に、恐る恐る足を踏み入れる。

高い天井のエントランスホール正面には比翼《ひよく》の階段、敷きつめられた年代物の絨毯《じゅうたん》には塵《ちり》ひとつなく、壁には装飾の施された燭台《しょくだい》と、凛にはその価値もわからない絵画がかけられている。ところどころにさりげなく飾られた壺《つぼ》や彫刻はきっと、本来なら博物館に収蔵されていてもおかしくない美術品に違いない。

途端に凛は、迷宮に迷い込んだような不安に駆られて、胸元をぎゅっと握った。なに弱気になってるんだ、と胸中で己を鼓舞《こぶ》する。

鈴音との婚約を解消させて、お墓の修理費相当の慰謝料をもらって、早々に日本にとんずらするのだ。貴族がなんだ。これほどの金持ちなら、がっぽり慰謝料を踏んだくれるに違いないが、適当な金額に留めるのがミソだ。大ごとになってはもともこもない。

うまく事を運ぶためにも、まずは敵を見定めることが肝心。鈴音を花嫁に、などとふざけたことを言う貴族とやらの顔を拝んでやろうではないか、と凛はぐっと拳を握った。

「どうぞこちらへ」

案内されたのは、重厚なドアの前。「お連れいたしました」と、なかに声をかけて、扉が開かれる。

高い天井まである大きな扉がゆっくりと開かれて、一歩足を踏み入れると、そこは眩《まばゆ》い光にあふれていた。

思わず眇《すが》めた視界に、大きな窓を背に立つ長身を捉《とら》える。眩《まぶ》しかったのは、高い天井まで届きそうな窓から、いっぱいに太陽光が降り注いでいたからだ。

「ようこそ、ベルリンゲルの館へ」

逆光を背負っていた長身がゆっくりと歩み寄ってきて、凛はゆるり…と目を見開く。

ようやく光に慣れた目が捉えたのは、絵に描いたようなイタリアン美男子。モデルか俳優か？　と咄嗟《とっさ》に頭を過《よぎ》った疑問も、醸す高貴さが払拭《ふっしょく》する。

ゆるく流された濃いブルネットの髪に、明るい碧眼《へきがん》。精悍《せいかん》な印象を与える高い鼻梁《びりょう》と削《そ》げた頬、意思の強さを感じさせる口許。

華奢ではあるが、コンプレックスに思うほど小柄でもない凛が見上げるほどの長身は、頭身が高く、同じ重力のなかに生きているとは思えないほど。上質なスリーピースを隙なく着こなすためには、無駄のない肉体も必要だ。

――なんか、目がチカチカする……。

これが本物の貴族？　と、唖然呆然と長い睫毛を瞬いていたら、前に立った長身が、スッと跪《ひざまず》いた。ごく自然に、手をとられる。

「待ちかねた。――我が花嫁」

手の甲に軽く唇を押しあてられて、凛は大きな目を零れ落ちんばかりに見開いた。

「え？　……ええっ⁉」

驚きのあまり振り払ってしまって、はたと我に返り、慌てて取り繕《つくろ》う。

「あ、あの……っ」

紳士は少し驚いた顔をしたものの、すぐにクスリと笑って、「失礼」と腰を上げた。

「日本には、こういう習慣はなかったのだな。驚かせてしまったようだ」

申し訳ない……と、微笑まれて、凛はじりっとあとずさりながらも、引き攣《つ》った笑みを返した。

「いえ、すみません。こちらこそ失礼を……」

鈴音の口調を思い出しながら、華道の家元の次男坊を演じる。鈴音は、特別気取ったところのない、いい友人だけれど、でもごく普通のサラリーマン家庭に育った凛とは比べようもなく、やっぱりお坊ちゃまだ。

だから、ボロが出ないように、鈴音を演じきらなければならない。

「は、はじめましてっ、ゆ……えっと、三沢鈴音ですっ」

ついうっかり、楢木凛と自己紹介してしまいそうになった。いきなり素性《すじょう》を暴露してどうするっ、と気を引き締める。

イタリア語でのあいさつを飛行機のなかで繰り返し暗記したはずなのに、そんなものはあっさりと吹っ飛んで、日本語が飛び出していたのは、みんな日本語を話してくれるから、安心したのかもしれない。

語学ができなければロクな就職口もない世知辛《せちがら》い世の中だからというのもあって、英語はなんとかなるものの、イタリア語なんてちんぷんかんぷん。英語で大丈夫らしいよ、と鈴音からは聞いていたのだけれど、でも日本語が通じるのなら、そんなありがたいことはない。

「アレックス・ジュリアーノ・ベルリンゲル。この館の当主で、そしてきみの許嫁だ」

よろしく……と手を差し出してくる。

恐る恐る握り返すと、大きな手に包み込まれる。体温にドキリ…とした瞬間、ぐいっと前に引かれた。

「わ……っ」

勢いのままに、倒れ込んだ先は、紳士の胸。広い胸に包み込まれるように抱きとめられ、驚きに顔を上げたところで、額に温かいものが触れた。

——……っ!?

額に口づけられたのだと気づいて、啞然と目を瞠《みは》る。手の甲にキスをしたのを詫《わ》びられたばかりだというのに……。あいさつのキスだって、日本の習慣にはないものだ。

思わず額に手をやって、そのあとで頰が熱いことに気づく。

——イ、イタリア男ってやつは……っ。

素の凛なら、パンチのひとつもお見舞いしているところだが、しかしいま自分は鈴音だ。おしとやかに恥じらってみせたほうがいいだろう。

「あ、あの……」

図々しいなっ、スケベ野郎！　と、胸中で怒鳴っていることなどおくびにも出さず、凛は長い睫毛を揺らす。腰にまわされた手が気になるものの、はたき落とすわけにもいかない。

「恥ずかしいです……」

これだけ密着していれば、許嫁が実は男だとわかっただろう。それでも決定打を食らうまではあえてこちらからバラす必要もない。

鈴音との打ち合わせの段階で、さすがに女装は勘弁……という話になって、どちらともとれるカジュアルな恰好を選んだ。ユニセックスな相貌《そうぼう》の凛が着れば、場合によっては女性に見えるし、でも体格をちゃんと観察すれば男だとわかる。

アレックスの反応をうかがいつつ、怒らせないように、生まれてくる孫の性別を取り違えて嫁にやると約束してしまった、鈴音の祖父の失態を詫びる。——凛に託された重要なミッションだ。

けれど、早々に男だとバレてしまったら、次がつづかない。凛には、鈴音にも内緒の目的がある。

この場をどうやって切り抜けようかと、恥じらいに顔を伏せるふりをしつつ考える。もしかすると、抱き寄せられた時点で「僕は男だ！」と、突き飛ばしたほうがよかったのか？そうすれば、早々に目的が達成できたのでは？　取り繕うのは慰謝料をぶんどったあとでもよかったんじゃ……。

いやいや、それは無理だろう。結婚詐欺《さぎ》だと言われたりしたら、三沢家の立場のほうが弱い気がする。

とりあえずしらばっくれて、長旅で疲れたとかなんとか言い訳をして部屋に引っ込んで、作戦を練り直すか……。

よし！　と、胸中で拳を握りしめる凛を、すぐ間近から、甘ったるい声が呼んだ。

「リン」

「は、はいっ。……え？」

反射的に返事をして、そのあとで「え？」と顔を上げる。

大きな目を見開いて固まる凛に、アレックスが眼差しで微笑んだ。

「——と呼んでもいいかな？　きみのおじいさまは、そう呼んでいたと聞いている」

そうなのか？

そんな話、鈴音からは聞いた記憶がないのだけれど……。

でも、幼い鈴音を「リンちゃん」とか「リンリン」とか、あそこのじいさまなら、呼んでいても不思議はない。鈴音から聞く在りし日の祖父像は、そんな茶目っ気たっぷりのご隠居だった。

ここは話を合わせておくのが得策だろう。一瞬ばれたのかとヒヤッとしたが、リンと呼んでもらえるのなら、自分もポカミスをしづらい気がする。

「え、ええ、もちろん」

ニッコリと極上の笑みを向けると、アレックスはふっと目を細めた。

「……ありがとう。では、リン、部屋でひと休みしたら、外でお茶にしよう。甘いものは好きかい？」

甘いもの、と聞いて、凛は目を輝かせた。甘いお菓子は大好きだ。

「はいっ」

大きく頷いたあとで、鈴音は和菓子のほうが好きだけれどいいよね？　と胸の内で確認をとる。

「それはよかった。世界一美味しいオレンジをご馳走《ちそう》するよ。その前に、きみの部屋に案内しよう」

執事が先に立って、廊下を進む。

迷路のような広い広い館をしばらく歩いて案内されたのは、ドアに施された彫刻等が違うものの、さきほど同様に重厚な扉の設《しつら》えられた、明るく広い部屋だった。

「わぁ……」

すごい……と、無意識に感嘆が零れる。

最初に通された部屋とはまた趣《おもむき》が違う、絢爛豪華《けんらんごうか》というよりはナチュラル感のある仕様だった。

そして気づく。この部屋が、鈴音のために特別に用意された場所であることに。

「畳《たたみ》……」

なんと！　部屋の一部が仕切られて、畳の間がつくられているではないか！　しかも、茶の湯が開ける設備まで見てとれる。畳の真ん中が四角く仕切られた、あれは掘《ほ》り炬燵《ごたつ》だろうか。

「畳の間のほうが寝やすいかもしれないと思ってね。和室は別につくったから、花を活《い》けたいときには、そちらを使うといい」

もちろんベッドのほうがよければベッドルームを使えばいいと、隣室につづく扉が開けられる。

そこには映画でしか見たことのない光景が広がっていた。天蓋《てんがい》付きの大きなベッドと、天井まである大きな窓の向こうには広いテラス。あれだけ窓が高かったら、月を眺めながら眠れるに違いない。

さらには、狭《せま》い日本の住宅事情を考えれば唖然とするよりほかない広さのウォークインクローゼットまで！　そこにズラリ…と並べられた洋服を見て、凛はアレックスを振り仰いだ。

「これって……」

「気に入るものがあればいいが」

凛のサイズに合わせた洋服が並んでいたのだ。

鈴音は顔を知られていないと言っていた。風貌がわからなければ、洋服のサイズなどわからないだろうに…と、一瞬過った疑問も、また新たな疑問の向こうへ追いやられる。

スカートなどの女性ものが一点もないのだ。かといって、いかにもメンズというラインでもなく、全体的にユニセックスなチョイスではあるのだが、許嫁のために選んだとすれば、ドレスやワンピースがないのはおかしい。

――もしかして、最初から知ってる？

抱き寄せられたときに体格でバレたのでは？　と心配するまでもなく？

鈴音からは、相手は自分を女の子だと思い込んでいるはずだと聞かされていたのに……。

――えっと……。

どうしたらいいんだろう……。

たまたまアレックスの好みがボーイッシュな女性なのか、それとも最初から男だとわかっていて招待状を送ってきたのか。だとすれば、また別の問題が出てくる。男だということが婚約解消の理由にならない。

——確認すべき？

でも、鈴音のふりをした凛をボーイッシュな女の子だと思っているのだとしたら、墓穴掘り以外のなにものでもない。

ほんの数秒の間にぐるぐると考えを巡らせて、結果、何も言われないのなら、寝た子を起こす必要はないし……と考えた凛は、黙っていることにした。

凛の印象としては、確実に男だとバレているように思うのだけれど、何も言わなければ、相手の出方を見て、いかようにも話を合わせることができるし、誤魔化《ごまか》しようもある。

——何か言われたら、そのときに嘘泣きでもなんでもすればいいよ。

そうして、こちらこそ精神的苦痛を味わったとかなんとかまくし立てて、慰謝料だけもらってとっとと日本へ帰ればいい。

——早くお墓直したいし。

壊れた墓のままでは、盆や命日に祖先の霊が帰ってこられない。

「趣味ではなかったかな」

黙りこくって考え込む凛の反応をどう受け取ったのか、別のブランドを揃《そろ》えさせようと言われて、ハタと我に返り、凛は慌てた。

「……え？　い、いいえっ、びっくりしただけで……ありがとうございますっ」

焦って制して、ガバッと頭を下げる。

事実、どれも凛の好みで、しかも雑誌で見るだけで手の届かなかったブランドの新作まである。

高校時代に修学旅行のために買った、さほど大きくないスーツケースしか持っていなかった凛は、それにありったけの着替えと日用品を詰め込んできたものの、どれもファストファッションばかりで、とてもこのお館のなかで着ていられるものではないと感じていたところだった。

先に部屋へ運ばれていた自分のスーツケースが、妙にみすぼらしく見える。数回しか使っていないというのに。

「足りないものがあれば遠慮なく言ってくれたまえ。すぐに揃えさせよう」

「ありがとうございます。充分です」

どうせ相手は金持ちなのだから遠慮する必要はないと思いながら、ここは謙虚《けんきょ》に引いておくことにする。

「僕にはもったいないや……」

実際問題、汚したらどうしよう……と思いながら袖《そで》を通さなければならない気がするが、そんなことは気にする必要はないのだと自分に言い聞かせる。

「何を言う。リンは何を着ても愛らしい。さぁ、着替えたら、お茶にしよう」

これぞイタリア男の真骨頂《しんこっちょう》というべきか、さりげなく歯の浮くセリフを放つ。いちいちドキリとしたり顔が熱くなったり……動揺してペースを乱される自覚がありながら、対処のしようがない。

——がんばれ、俺！

初日からこのザマでどうする！　と、胸中で気合を入れ直し、シナをつくってアレックスを振り仰ぐ。

「選んでください」

どれがいいと思います？　と可愛い子ぶると、アレックスは満足げに口許をゆるめて、着替えを選んでくれた。

——若い許嫁に鼻の下伸ばしてんじゃねぇよっ。

などと、口汚く口中で罵《ののし》りながらも表面上は可愛らしく、凛は「ありがとうございますっ」とそれを受け取って着替えに取りかかる。

着ているものに手をかけたところでハタと気づいて、傍らの紳士を振り仰いだ。

「……出てってください」

口を尖らせて不服げに言うと、アレックスは小さく笑って、「失礼」と踵《きびす》を返す。「庭で待っているよ」と言い置いて、部屋を出ていった。

ドアが閉まる音を聞いて、凛はホーッと深い息を吐く。その場にしゃがみ込んで、しばし脱力した。

「鈴音、俺、がんばるよ」

親友のために、そして自分のためにも。

「鈴音が女の子だったら、なんの問題もなかったんだろうなぁ……」

着替えながら、ふと呟いた。

「まぁ、男でも、当人がそれでよけりゃ、別にいいんだけど」

多少歳は離れているけれど、相手は元貴族で桁外《けたはず》れの金持ちで、しかもあんなハンサムだ。いま現在付き合っている相手がいるなら話は別だが、そうでなければ文句のつけようのない許嫁ではないか。

「にしても、リンって……鈴音のじいちゃん、どんだけお茶目なんだよ」

生きているうちに会ってみたかったかも……などと考えながら、着替えを済ませる。大きな姿見に着替えを終えた自分を映してみる。

「可愛いけど……着心地は日本製のファストファッションのほうが上、かな」

クローゼットに並ぶのは、世界的に有名なスーパーブランドの品ばかりだけれど、でもコストパフォーマンスを考えたら、日本のファストファッションブランドに勝るものはない、というのが凜の出した結論だった。

手入れの行き届いた広い庭の一角、枝葉を広げる大木の木陰に置かれたガーデンテーブルには、いかにも高そうなティーセットとデザート用の皿やカトラリーがセッティングされていた。

「思ったとおり、よく似合っている」

自分が選んだ洋服を身につけた凛を見て、アレックスが満足げに目を細める。

「そう…ですか」

両手を広げて、くるっとひとまわりしてみせる。内心では「鈴音でもやらないよ、こんなこと」と思っているのだが、当然表面上は可愛い子ぶりっこだ。

アレックス手ずから椅子《いす》を引かれて、慣れないエスコートにドキドキしながら腰を下ろす。

テーブルの中央には、色鮮やかなオレンジの盛られた籠《かご》。たったいま、もいできたばかりであることがうかがえる瑞々《みずみず》しさだ。

テーブル脇のワゴンには、透明なドームカバーのかけられた大きな皿が並んでいて、用意されたスイーツのなかから好きなものを選ぶと、美しく飾りつけられたデザートプレートが供される。

「口に合うものがあればいいが」

そう前置きをして、アレックスが自らお菓子の説明をしてくれる。

イタリアではドルチェと呼ばれる。日本で有名なのはティラミスやパンナコッタあたりだが、シチリアの代表的なお菓子だというカンノーロや、もちろん名産のブラッドオレンジやレモンを使ったタルトもあった。

「すごーい！　どれにしよう～」

好きなもの…と聞いて、悩むそぶりを見せたら、「全部にいたしましょう」と、館についたときに出迎えてくれた老執事のドナッジオが気を利かせてくれる。

小ぶりにカットされたドルチェが美しく盛られ、そこにソースや飴《あめ》細工で繊細な飾りが施される。

イタリアでコーヒーといえばエスプレッソだが、苦すぎるコーヒーが得意じゃないと言ったら、オルゾーという麦芽飲料を勧められた。ノンカフェインのコーヒー風ドリンクで、イタリアでは昔から飲まれているのだという。

茶色い液体からは、コーヒーのようなココアのような、不思議な香りがした。恐る恐る口をつけてみると、意外なほど飲みやすい。

「美味《おい》しい！」

苦くないから、砂糖やミルクを入れなくても飲める。子どもの頃、母が飲ませてくれたカルシウム強化飲料に似た味だった。

「次は美味しいカプチーノを用意しよう」

バリスタが淹《い》れるカプチーノなら、きっと凛にも飲めるだろうと言う。

「絵が描いてあるやつ？　ハートとか葉っぱとか」

ラテアートの施された一杯は、本格的なカフェでなければ出会えない。「猫でも犬でも兎《うさぎ》でも」リクエストに応じて描いてくれると言われて、凛は目を輝かせた。

「楽しみにしてます！」

思わず素で応えてしまってヒヤリとしたものの、鈴音はいつも紅茶を飲んでいるから大丈夫なはずだ。

何か食べていれば、余計なことは喋《しゃべ》らなくて済むだろうと、さっそくフォークに手を伸ばす。

リモーネというレモンを使ったケーキも、真っ赤なブラッドオレンジのジュレも濃厚なパンナコッタも、みんな美味しいけれど、筒状に焼いた生地にクリームをたっぷりと詰め込んだカンノーロは初体験の味で、すぐに凛のお気に入りになった。

「経営しているアグリツーリズモのレストランやカフェで提供しているもので、評判の品なのですよ」

そう説明をしてくれたのは、執事のドナッジオだった。

「アグリツーリズモ？」

アグリカルチャーとツーリズムが合体した単語だとすぐに理解したが、その意味するところはぼんやりとしている。すると、アレックスが執事の言葉を補足説明してくれた。

「農園併設の宿泊施設のことだ」

離宮をホテルに改装して、広大な領地の一部を宿泊客に開放しているのだという。

大都市に住む人々が自然を求めて田舎で余暇をすごすことを、ヨーロッパではアグリツーリズムという。日本ではグリーンツーリズムと呼ばれる場合が多く、直訳すれば「農村民泊」といったところか。

欧米には、長ければひと月以上のホリデーをすごす習慣がある。そうした長い余暇を農村地帯でのんびりすごし、自然回帰をはかろうとする動きが活発なのだ。

ベルリンゲル家は、エトナ山の麓に広大な領地を有し、火山灰地を活かしたブラッドオレンジの栽培と関連商品の生産においてはシチリア随一だという。

また歴代の当主に受け継がれてきた資産を活かした観光産業で、莫大な収益を生み出しているのは、現当主の手腕によるところが大きい、というのは、日本を発つ前に、鈴音が教えてくれた最低限の事前情報のなかにあったものだ。

つまりは、目の前に座る美貌の紳士が、そうした評判の中心にいる、やり手の実業家、ということだ。

「じゃあ、この素晴らしい景色を、誰でも楽しむことができるんですね」

すごいなぁ……と、凛は純粋に感動して、小高い丘になった芝生《しばふ》の庭から、横長の景色を見やる。

日本では、カメラのフレームに景色はだいたい綺麗におさまるものだ。けれど高い山のないシチリアでは横幅が足りない、もしくは上が余る。凛は、スマートフォンのカメラに装備されたパノラマ撮影機能の必要性を、シチリアに降り立ってはじめて痛感した。

小高い丘がいくつも連なって、広大な果樹園と牧草地が広がっている。白くぽつんぽつんと見えるのは、羊《ひつじ》と山羊《やぎ》の群だ。その向こうに、噴煙を上げつづけるエトナ山の雄大な姿がある。

「あの山には、魔神が棲《す》むといわれている」

「魔神？」

凛が、タルトをほおばる口を止めて向かいを見やると、アレックスは悪戯《いたずら》を成功させた少年のようにニンマリと微笑んで、言葉を継いだ。

「心配することはない。この島は太陽神に守られている」

実感として頷ける説明だった。燦々と降り注ぐ太陽光は恵みにあふれていて、青い空も紺碧の海も、本当に美しい。

「この島がすごく綺麗で住み心地がいいから、魔神も棲みついちゃったんだ、きっと」

タルトを口に運ぶ手を再開させながら返すと、アレックスはいくらかの驚きを見せて、

「かもしれないな」と返した。ドナッジオは、テーブル脇でニコニコしている。

ケーキを綺麗に食べ終えたあとで、鈴音はこんながっついた食べ方しなかったかも……と思ったが、残すよりはいいだろうと開き直った。美味しいのだから、しかたない。

「おかわりはいかがですか？」

「いただきます！」

自分の手で皿をとって差し出すと、今度はドナッジオが驚いた顔をする。上流階級の家では自分で皿を持ったりしないのだと気づいて、慌ててテーブルに皿を戻した。「すみません」と詫びると、「お気になさらず」とまた気遣われる。

凛が気に入ったカンノーロを中心に、また全種類が盛られたスイーツプレートがサーブされて、凛はほくほくとそれをほおばった。

「夕食が入らなくなってしまうぞ」

向かいでエスプレッソを飲みながらその様子をうかがっていたアレックスが、大丈夫かと愉快げに問う。

「別腹だから大丈夫です！」

イタリアにも別腹はあるのだろうかと思いながら、凛は「no problem《ノー プロブレム》です！」と返した。

オルゾーのかわりに、今度はブラッドオレンジのジュースを出してくれながら、ドナッジオが「シェフにはぞんぶんに腕をふるうように申しつけておきましょう」と言う。

「ディナーには、代表的なシチリア料理を用意してございます」

ウニはお好きですか？　と訊かれて、凛はフォークを口にした恰好で大きく頷いた。苦みやえぐみといった旨味《うまみ》が理解できない子ども舌ではあるものの、基本的に好き嫌いのない凛は、どんな料理が出されるのだろうと、わくわくと目を輝かせる。

ブラッドオレンジのジュースもおかわりして、ようやく椅子の背に身体を沈ませた。ファーストクラスの機内食は充分に美味しかったけれど、それでもやはり比べようもない。

「少し腹ごなしをしてはどうかな」

カップを置いたアレックスが、広い庭の向こう、こんもりと生い茂った木々のあたりに視線を投げる。そして、「Vieni!」《来い》と声をかけた。

何かと思って目を凝らすと、駆け寄ってくる白と黒。それは大きな犬だった。

「わ……っ」

突進される！　と首を竦《すく》めたタイミングで、二匹の獣はピタリッと動きを止める。アレックスの足元にちょこんっとお座りをして、ハッハッと息をついた。

「Terra!」《伏せ》

凛の腰ほども体高のある大きな犬が、アレックスの出すコマンドに従順に従う。その目はじっと主を捉え、次なるコマンドを待っている。

「白いほうがブランカ、黒毛のほうがジーノだ」

真っ白と真っ黒の牡《おす》のシェパードだ。正確には若干種類が違うらしいが、見た目は瓜二つで、陰陽《いんよう》マークのようにも見える。この庭で番犬として飼われているのだと教えられた。

「犬は好きかな?」

「大好き!」

もちろん、猫も鳥も小動物も、みんな好きだけれど、大型犬はなかなか飼えないから、憧《あこが》れが強いのだ。

それはよかったと頷いて、アレックスがイタリア語でのコマンドを教えてくれる。

「座れはSeduto、待てはRestaという」

イタリア語の難しい発音を数度口中で繰り返して、凛は頷いた。

二匹の鼻先に手を差し出すと、ふんふんと匂いを嗅《か》いだあと、ペロリッと舐《な》められる。おとなしい反応に感激して、凛は「かーわいい!」と二匹の首に抱きついた。

「ふかふか~」

頬ずりをすると、二匹は凛の頬をペロペロ。すぐに二匹分の体重を支えきれなくなって、凛は芝生に背中から倒れ込んでしまった。

「わ……ぁっ!」

「わふっ」

ふさふさの尻尾をめいっぱい振りながら、二匹が凛にじゃれついてくる。

「おやおや」

ドナッジオが止めようとするのを、アレックスが制した。

二匹は番犬として訓練されているため、通常は容易《たやす》く懐くものではない。ドナッジオは凛が噛まれるのではと心配して止めようとしたのだ。——が、凛は初対面で大型犬二匹をあっさりと手懐けてしまった。

「わふっ」

「クゥン」

何も知らない凛は、大喜びで芝生を転がった。

「わわ……っ、くすぐったいよぉっ」

せっかくアレックスが選んでくれた洋服が芝だらけだ。

気にならないわけではなかったが、大型犬の魅力は抗《あらが》いがたく、凛は「この子たちと遊んできていいですか?」と、言うや否や駆けだした。

「おいで!」

凛に呼ばれて二匹が駆けだす。

広い芝生の庭を駆けまわって、転んで、じゃれつかれ、大の字になって荒い息をついて、また駆けっこに興じる。

童心に戻って汗だくになるまで駆けずりまわって、最後には二匹と並んで芝生に寝転がった。

その様子を、木陰のガーデンテーブルから、ドナッジオは微笑ましげに、アレックスは多少呆れたふうな、それでいて満足げな笑みを口許に浮かべて眺めている。

「あの二匹が、ああも懐くとは」

「大型犬は子どもにやさしい。そういうことだ」

二匹は、代々ベルリンゲル家で飼われている血統で、アレックスの幼い日の記憶にも、白と黒の犬が登場する。子守りは番犬のもうひとつの役目だった。

主のひねくれた言い草に肩を竦めて、ドナッジオは「純粋なのでしょう」と苦笑する。

そんな大人たちのやりとりなど露知らず、凛はまだまだ遊び足りないと催促する二匹に腕を引かれ背中を押されて、「わかったよ」と上体を起こした。

「おまえらの体力についていけないよ」

「クゥンッ」

「これから毎日遊んでやるからさ。な、それでいいだろ?」

「わふっ」

今日はもうおしまい、と撫でると、二匹はようやく納得した様子で、凛の両脇におとなしくお座りをした。

そこへ、芝生を踏み歩み寄る足音。二匹がしゃんっと背筋を伸ばす。

凛の傍らに片膝《かたひざ》をついたアレックスが、「いい子だ」と、二匹の頭を撫で、それから凛の髪に手を伸ばした。

「仲良くなれてよかった」

ふわふわとやわらかな髪に芝がたくさんくっついている。それを払って、上気し汗ばんだ頬に指を滑らせた。

「彼らは家族であり、この館に不可欠のスタッフでもある」

だから、仲良くしてくれて嬉しいと、凛の頬についた芝をひとつひとつ取ってくれながら言う。

「ディナーの前にシャワーを浴びるといい」

青い瞳の真ん中に、髪をくしゃくしゃにして芝まみれになった自分が映されている。急に恥ずかしくなって、凛は意味もなくブランカの尻尾をいじった。驚いたブランカが耳をピクリとさせる。だが吠えたり暴れたりはしない。ただ凛を気遣うようにつぶらな瞳を寄こすだけだ。

「すみません……お洋服、汚してしまって……」

芝まみれになって転げまわって遊んだのなんて、ほんとうに小さいころ以来で、想像以上に汚れてしまったことにいまさら気づく。ブランカとジーノの毛並みは艶々のままだというのに……。

「気にすることはない。彼らもきみを気に入ったようだ」

二匹には、今後凛の護衛をさせることにしようと言う。アレックスが何やらイタリア語で言い含めるようにコマンドを与えると、二匹はまるで人間の言葉がわかっているかのように、それぞれひと吠えして応えた。

「すごいや……言葉が通じてるみたいだ……」

よろしくな！　と頭をわしゃわしゃと撫でると、二匹はめいっぱい尻尾を振って応えてくれる。

やっぱりもうちょっと二匹と遊びたいな……と思ったところで、思いがけないものに邪魔された。

ぐぅう～っ、きゅるる……っ。

凛のお腹が盛大に鳴って、アレックスはもちろん犬たちまでもが、思わずといった様子で動きを止める。

「……すみません」

気恥ずかしさに熱くなる頬を隠しようもなく、凛は首を竦める。その頬を、左右から二匹の忠犬が、ペロリペロリと舐めてくれる。

アレックスはというと、たまりかねたように、ククッと笑いを零した。凛の胸が、トクリ…と、ひとつ鳴った。

ディナーの席。

フォークを握ったまま、こっくりこっくり……いまにもテーブルに額を打ち付けそうな様子で、少年は船を漕《こ》いでいる。

アレックスはとうに気づいていたが、お茶のおかわりを…と傍らに立って、それに気づいたドナッジオが「おや」と目を丸めた。

「長旅でお疲れになられたのでしょう」

いくらファーストクラスといっても、長時間狭い場所に閉じ込められていたことに違いはない。時差もある。その上で、犬たちとあれだけ庭を駆けまわったのだから、テーブルで寝落ちしてもさもありなん、といったところだ。

ドナッジオが「ひとを呼んで運ばせましょう」というのを片手で軽く制し、向かいの席でワイングラスを傾けていたアレックスは、グラスを置いて腰を上げた。

「私が運ぼう」

薄い肩を軽くゆすっても、可愛らしい許嫁殿は目を覚まさない。ぐっすりと寝入っている。

そっと指を開かせてフォークを置き、額をぶつけそうになっている皿を横にどける。細い身体を椅子から抱き上げると、小さな頭がくったりと肩に乗った。思わず「軽いな」と呟いてしまう。

「花嫁でございますからね。大切になさいませんと」

老執事が愉快そうに言うのを、「許嫁だ」と訂正する。ドナッジオは「さようでございました」と、さらに笑みを深めて、主のためにドアを開けた。


シチリア料理ってどんなの？　と、わくわくとテーブルについた凛の前に並べられたのは、想像以上に煌《きら》びやかな料理の数々だった。

名物のウニを中心とした豊富な海産物と、自然な環境でのびのびと育てられた仔牛の肉と、焼きたてのパン、ベルリンゲル家の農場で手作りされているというワインにチーズ、オリーブの塩漬けなど、豊かな自然の恵みをごくシンプルに調理した、滋味深く日本人の舌にも合う料理ばかりだ。

ディナーだからと、また着替えさせられて、胸中で多少ウンザリしたのも束の間、レモンチェッロという特産のリキュールを使った食前酒の美味しさに、まずは感動して、胃袋をおおいに刺激され、ブランド品を着せられた堅苦しさなどどこへやら、現金な凛は旺盛《おうせい》な食欲を見せた。

山盛りにされた殻《から》つきのウニをほおばり、魚介類のたっぷりと使われた手打ち麵《めん》のパスタに舌鼓《したつづみ》を打ち、赤身なのにやわらかい牛肉のステーキに感動し、色とりどりのオリーブはちょうどいい塩梅《あんばい》でいくらでも食べられてしまう。

焼きたてのパンには、フレッシュなチーズと辛味の利いたオリーブオイルがよく合う。オリーブオイルも自家製で、しかも品種や搾《しぼ》る時期によって味が違うと教えられ、凛は興味に駆られるままに、あれもこれもと試しまくった。

トマトジュースのように真っ赤なブラッドオレンジジュースにも感動したけれど、日本では見たことのないほど大きくて瑞々しいレモンをその場で搾ってつくるレモンスカッシュは、その上をいく美味しさだった。

たらふく食べて、お腹がパンパンになって、最後のデザートが出てきたときには、時差の関係もあって、かなり瞼《まぶた》が重くなっていた。

向かいの席でアレックスは、「美味しい!」「美味しい!」と旺盛な食欲を見せる凛を、ドナッジオともども微笑ましげに眺めつつ「そうか」「それはよかった」と、その都度短い応えを寄こすだけで、特別会話が弾んでいたわけではなかったけれど、それでも食卓は楽しくて、まだ寝たくない、まだここにいたい……とぐずる幼子のように、ずっとフォークを握りしめていた。

だから、いったん途切れた意識がわずかに浮上したとき、凛はまだダイニングにいるつもりで、どうして身体がふわふわしているんだろうとか、頬に触れる温かいものはなんだろうとか、夢現《ゆめうつつ》に考えただけだった。

アレックスに抱き上げられて部屋に運ばれたことも、ふかふかのベッドにそっと降ろされて、額におやすみのキスを落とされたことも、もちろん気づいていなかった。

夢のなかでパンパンのお腹を抱えて、「ミッション1、潜入クリア!」「ちょろいちょろい!」などと、鈴音に呑気《のんき》な報告をしていた。

頭を撫でてくれる大きな手の感触が心地好《よ》くて、様子を見に来た母だろうか? それとも残業を終えて帰宅した父だろうかと、幼い日の記憶をだぶらせる。

けれどすぐに、自分にはもう頭を撫でてくれる父母も祖父母もいないのだと気づいて、凛は夢のなかでひと筋の涙を零した。

瘦身《そうしん》をベッドに横たえて、乱れた髪を梳《す》き、離れようとしたところ、アレックスはそれに気づいた。

——涙……。

少年の頬を滑り落ちる、ひと筋の雫《しずく》。

濡れた頬をそっと拭《ぬぐ》うと、長い睫毛がふるり…と揺れる。起こしてしまったかと心配したものの、少年はまたスーッと深い眠りに落ちていった。

日本人は若く見えるが、犬たちとじゃれていた少年は、アレックスの目にローティーンにしか見えなかった。だが勝気な印象を与える大きな目が閉じられていると、年齢相応の艶のようなものが感じられるから不思議だ。

「男の許嫁、か……」

まったく、冗談にもほどがある。

先代たちは果たして、気づいていたのか、いなかったのか。そもそも本当に、冗談のつもりしかなかったのか。

どちらでもかまうものかと、アレックスは少年の無邪気な寝顔に見入る。

「きみは、私の花嫁だ」

何があろうともその約束は揺るがないし、違《たが》えるつもりもない。

明日は何をしてすごそうかと、らしくないことを考える。

少年のために、時間はたっぷりと空《あ》けてある。それでも、退屈の虫が疼《うず》くことはないだろう。

2

ミッション2、エロ貴族をメロメロにする！

ぐっすり眠って起きた凛《りん》が、起きるなり拳を握りしめ、胸中で気合を入れて呟いたのが、このセリフだった。

性別の問題はひとまず横に置いて、アレックスが鈴音のふりをした自分にメロメロになりさえすれば、事はこちら優位に進められるはず。

鈴音《すずね》のためにも、そして自分のためにも、まずはアレックスを落とさねば。とはいえ、あまり本気になられて、財力に飽かしてストーカー化されても困るし、適当なところで……って、どうやって？

などと、風通しのいいテラスから視界いっぱいに広がるベルリンゲル家の緑豊かな領地を眺める。

——ま、なんとかなるよね。

お気楽な考えのままに、凛はうーん！　と伸びをする。空気は澄んでいて、空はどこまでも青く、雲の出ていない午前中は、遠く向こうに噴煙を上げるエトナ山とイオニア海の紺碧色が望める。
　毎日、こんな景色で目覚めることができるなんて、なんて贅沢《ぜいたく》なのだろう。でも、ただた
だ広くて、都会の狭い場所での暮らしをあたりまえに育った凛には、少しだけ怖い気もした。
だって、こんな広い場所で迷子になったら、きっと誰も助けてくれない。
「壮大だなぁ……」
　朝陽に輝く景色に見とれていたら、ドアをノックする音がした。『おはようございます』
と扉の向こうからかかる声はドナッジオのものだ。
「おはようございます」
　あいさつを返しながらドアを開けると、朝からピシリとスーツを着たドナッジオが、銀の
トレーを手に立っていた。
「お目覚めの紅茶をお持ちしました」
　昨日のうちに、凛があまりコーヒーを好まないとわかったのだろう、ティーポットからは
花のような甘い香りがする。
　イタリアで紅茶とはあまり聞かないが、貴族の生活は、一般的なイタリア人の常識ともま
た違うのだろう。
「わぁ、いい香り！」

「スリランカの農園から取り寄せているウダプセラワ紅茶でございます」

花のような香りが特徴だと説明をしてくれる。けれど凛にとっては、小難しい蘊蓄《うんちく》よりも、美味しいかまずいかだけが問題だった。

「美味しい！」

ティーバッグの紅茶のような嫌な渋味がなくて、とても飲みやすい。それにドナッジオの説明どおり、とてもいい香りだ。

やっぱり高級なものは美味しいのだなぁ……などと感心しながら、目覚めの一杯をいただく。なんて贅沢だろう。

「お着替えがお済みになられましたら、ベルをお鳴らしください。お迎えに上がります」

外のテーブルに朝食の用意がされていると聞いて、昨日もたらふく食べたはずなのに、凛の胃袋は素直な反応を見せた。ディナーはもうすっかり消化しきっている。

「すぐに行きます！」

紅茶を飲み干して、凛はクローゼットに駆け込んだ。

昨日はアレックスに選んでもらったけれど、今日はどうしよう。でも、ランチのときには、また着替えなくてはいけないのだろうか。

そのときになって、「そういえば……」と気づく。

昨夜、自分はどうやって部屋に戻ってきたのだろう。ディナーの途中から記憶がない。

「……?」

食前酒に酔っぱらって覚えていないだけだろうか。レモンチェッロはリキュールだから、結構度数は強いはずだ。

「あとで訊いてみればいっか」

何も言われなければ、それはそれでいい。やはりお気楽に考えながら、凛はクローゼットを漁《あさ》った。

昨日アレックスが選んでくれたブランドのタグを参考にしながら、同じブランドの色目の違うものを選んで袖を通す。

可愛いと言っていたし、きっと大人っぽい雰囲気より、可愛らしいほうが好みなのだろう。

「オヤジは若い子が好きだっていうしな」

はすに構えながら、ユニセックスな組み合わせでボトムスとトップスを選び、朝の身支度を済ませる。

テーブルの上に置かれたベルをチリリンッと鳴らすと、そんなに大きな音ではないはずなのに、すぐにドアがノックされて、ドナッジオが迎えに現れた。いったいどういう仕組みになっているのだろうかと、思わず首を傾げてしまう。貴族の館には、まだまだ驚きがいっぱいだ。

ドナッジオのあとをついていくと、昨日お茶をしたテーブルで、アレックスがエスプレッソカップを口に運んでいる。その足元にはブランカとジーノが伏せの恰好でおとなしくしていたが、凛に気づいて二匹がむっくりと顔を上げた。

「おはようございます」

「おはよう。よく眠れたかな」

今日もアレックスは、上品なスーツ姿。仕事に行こうが行くまいが、来客があろうがあるまいが、貴族というのは常に気の抜けない生活を強いられるようだ。

「はい。おかげさまで、朝までぐっすりでした」

似合ってますか？　と今朝のコーディネイトを確認してもらう。アレックスが満足げに頷くのを見て、「よっしゃ！」と胸中でガッツポーズをした。

「ブランカ、ジーノ、おはよう」

テーブルの下を覗き込んで、おとなしい二匹にあいさつをすると、二匹は尻尾をふりふりあいさつを返してくれる。

「わふっ」

「クゥン」

「あとで遊ぼうね」と微笑むと、さらにひと吠え。朝食の載ったワゴンを運んできたドナッジオが、「すっかり懐いてしまいましたねぇ」と感嘆を零す。

「ちゃんと躾《しつ》けられてる子たちだからですよね」と、優等生的な言葉を返しつつ、凛はテーブルにつく。

「わぁ……美味しそう！」

朝食のテーブルには、焼きたてのクロワッサンやフォカッチャの盛られた籠に色とりどりのフルーツ、自家製のサラミやチーズは焼きたてのオムレツとともにその場で給仕される。

「いただきます！」と手を合わせるや否や、朝から旺盛な食欲を見せる凛とは対照的に、向かいの席でアレックスは、カプチーノとコルネットという甘いパンを摘まむのみ。

コルネットというのは、イタリアの朝食の定番で、見た目はクロワッサンだが、それに甘いカスタードクリームやジャムなどを挟《はさ》んだパンのことだ。

自分だけ豪華な朝食を食べているのは気が引けて、「食べないんですか？」と訊くと、朝から卵料理やハムや野菜などが出されるのはホテルの朝食であって、イタリアでは昔から朝は甘いものしか食べないのだと教えられた。

「和食の素晴らしさを知るにつれ、イタリアの食事の問題点も目につくが、やはり習慣は変えようがない」

アレックスの風貌から、甘いものを食べる姿は意外に映るけれど、習慣だと言われると納得だった。

だが、そんな話を聞かされれば、俄然《がぜん》興味が湧《わ》く。凛の視線の意味を正しく受けとめて、ドナッジオがいかにも甘そうなパンを数種類用意してくれた。

見事に粉モノばかり。しかも甘いクリームやジャムがたっぷりと使われている。ダイエットを気にする日本人女性が、一番敬遠しそうなラインナップだが、甘いものが大好きな凛は目を輝かせる。歯に染みるほど甘いパンも、凛にとっては極上の味だった。

「でも、ごはんとお味噌汁《みそしる》の朝ごはんを食べてる日本人のほうが、いまは少ないと思いますよ」

自分も朝はパン食だし……と返そうとして、ハタと気づき、言葉を呑み込んだ。以前に泊まりに行った鈴音の家では、ちゃんとした食事が出されていたからだ。炊きたての白いごはんにお味噌汁と焼き魚の朝食は、日本人に生まれてよかったと思わされる味で、それはそれは美味しかった。

「日本は、世界一の美食の国だからな。おかげでいい仕事をさせてもらっている」

世界中の美食が集まる国だから、選択肢が広いのだろうと言われて、そういうものかと首を傾げた。

「日本と取引があるんですか?」

オリーブオイルは日本でももはや食卓の定番と化しているし、日本人はイタリア料理が大好きだ。ピザやパスタなんて、そろそろ日本の洋食と変わらない扱いになっているといってもいい。

「日本からの観光客も多いし、我が社の商品の輸出量も年々増えている」

だからここのスタッフは皆日本語が話せるのだと言われて、なるほどと納得した。

日本人の海外旅行先として、近年イタリアは減少傾向にあると聞くが、選ばれるべき場所はちゃんと選ばれている、ということだろう。

オムレツのプレートもフォカッチャも甘いパンも、ペロリと平らげて、凛はブラッドオレンジのジュースをおかわりした。美肌を気にする女性ではないけれど、これだけ粉モノばかりだと、さすがにビタミン不足が気になる。

凛が満足したのを見て、アレックスが手にしていたカップを置く。

「今日は、領地を案内しよう。オリーブ畑やチーズ工房――」

「アグリツーリズモですか!?」

凛は身を乗り出した。

アレックスは、興味があるようだ……と笑って、腰を上げる。足元で寝そべっていた犬たちも、それに倣《なら》った。

「見たいです！」

昨日話を聞いてから、ずっと興味津々《きょうみしんしん》だったのだ。

都心に近い住宅地で生まれ育った凛は、豊かな自然はもちろん、家庭菜園や広い庭とも無縁だった。祖父母に次いで両親が亡くなってからはさらに、そうしたものに触れる機会が減って、鈴音の家に遊びに行ったときには、広い日本庭園に感動しきりだった。

「ならばランチは、農園でとれるように手配しておこう」

もぎたてのブラッドオレンジや、畑からとってきたばかりの新鮮な野菜、うまくすれば自分でつくったチーズやソーセージを使ったランチが食べられるかもしれないという。

チーズづくりやオリーブオイル搾り体験なども、アグリツーリズモの農園体験プログラムにあって、曜日や時間が決まっているものもあるが、多くは宿泊客の都合に合わせて組み込めるようになっているのだと聞いて、凛はわくわくした。

「小川で釣りもできる。一日かけて散策しよう」

「はい！」

釣りと聞いて、幼いころ家族で行ったキャンプを思い出した。

祖父が釣りを教えてくれ、父はテントの張り方やバーベキューの火熾《おこ》しを、祖母と母が手作りソーセージのつくり方を教えてくれた。凛にとっては大切な思い出だ。

館のテラスから見渡す限りという広い広い領地だ。当然車で巡るのだろうと思ったら、たしかに途中までは車だったものの、そこからが予想外だった。

車が向かったのは農園ではなく、厩舎《きゆうしや》。

丘陵も多い領地を巡るために、アレックスが選んだ移動手段は、なんと馬だった。

艶やかな毛並みの黒馬は、アレックスの威風堂々《いふうどうどう》とした風貌に似合いだが、当然凛は乗馬などしたことがない。

間近に見る馬の大きさにビックリし、鼻先を寄せられて、思わずアレックスの背中に隠れてしまう。

正直恐くて及び腰になっていたら、「大丈夫だ」という言葉とともに、ひょいっと鞍《くら》に引き上げられてしまった。

「わ……ぁっ」

どうするのかと目を白黒させていたら、いわゆるふたり乗り状態。アレックスの前に座らされて、子どものように広い胸に囲い込まれる。

「え？　……わわっ」

馬上の揺れに驚いて、咄嗟に逞《たくま》しい胸に縋《すが》ってしまう。

「む、無理……っ」

短い時間ならまだしも、これで一日領地を巡るなんて無理だと訴えると、「大丈夫だ」と身体を引き寄せられた。

「私を車のシートだと思って、身体をあずけていればいい」

ほら……と、腰を抱き寄せられ、背中を完全にあずけると、体格差のせいだろうか、不思議と身体が安定した。

「ほんとだ……」

広い胸にすっぽりと包まれるような恰好になって、酷く安堵する。そうしたら身体の緊張

と強張りが解けて、無駄な力が入らなくなり、当初は振り落とされそうに感じた馬上の揺れがそれほど気にならなくなった。

「言ったとおりだろう?」

耳元に声を落とされて、ドキリと心臓が跳ねる。体温が伝わる密着度に、また別の緊張が襲ったものの、しかしアレックスのエスコートがうまいのだろう、すぐに景色に意識を奪われて、無意識のうちにすっかり身体をあずけきってしまった。

馬の両脇を、ブランカとジーノが駆ける。馬の肢《あし》に蹴《け》られると危険であることを知っている様子で、絶対に後ろにはまわらない。二匹とも本当に利口だ。

エトナ山の噴煙が降り積もった火山灰地でしか、あの有名なブラッドオレンジの赤い色は出ないのだと教えられ、果樹園でオレンジ狩りを堪能する。もいだばかりのオレンジを果樹園の管理責任者である男性が、その場で搾ってジュースにしてくれた。果汁がたっぷりだから、スクイーザーを使わなくてもジュースが搾れるのだ。

そしてなんと、ブランカとジーノもオレンジが大好きだと聞いて、凛は驚いた。なんて贅沢！ といったところで、この恵まれた環境で生まれ育った犬たちにとっては、この生活があたりまえなのだからしかたない。

オリーブ農園では、ちょうど宿泊客向けに開催されていたオリーブの塩漬け体験に参加することができた。

水で下漬けをしたフレッシュオリーブが用意されていて、それを塩水に漬けるだけ、という簡単さだが、出来上がるのは半年から一年後、という気の長さだ。宿泊客は、自分が漬けたものを土産に持って帰るのだという。

自分の名前入りのラベルをつけて、あとから部屋に届けてもらうことにした。

ハーブ園では、フレッシュなハーブを使ったお茶をご馳走になって、はじめてハーブティーを美味しいと思った。

自然農法を取り入れているという畑では、スイスチャードとアーティチョーク、日本ではポロ葱《ねぎ》と呼ばれるリーキの収穫を手伝って、「ランチにいただきましょう」という話になった。

途中渡った、木製の橋の下を行く小川の流れは美しく、周辺には小花が咲き乱れて、小動物の姿も多く見られた。

牧草地になった丘陵を行くと、山羊の群に出くわす。

搾りたての山羊のミルクは臭みもなく、チーズも格別の味わいだと聞いて、山羊チーズづくりを体験することになった。

ハードタイプのチーズをつくるには時間がかかるけれど、カッテージチーズは比較的簡単につくれる。つくってすぐに食べることもできるし、成形して寝かせることもできる。

アグリツーリズモに宿泊している三組が参加するというチーズづくりに、凛も交ぜてもらった。

まさか、山羊のミルクを搾るところからさせられるとは思わなかったけれど……。でも、それはそれで、とても楽しい体験だった。

まだバケーションの季節ではないからか、三家族はいずれも親子連れではなく、リタイア後の優雅な生活を謳歌《おうか》する老夫婦と、結婚前のカップルと、ホテル経営を学んでいて、その参考にするために来たという若者だった。

若者は、アレックスがここのオーナーだとすぐに気づき、「お会いできて感動です！」と、半ば涙目状態。

「ようこそ。どうぞ、楽しんでいってください」

アレックスは緊張の面持ちの青年の肩を軽く叩いて、「いつかホテルを開業された暁《あかつき》にはお知らせください。きっとおうかがいします」と激励する。若者は感極まった顔で「はい！」と大きく頷いた。

そんなやりとりを傍らで見ていて、そんなすごいひとだったのか……と、驚いた凛は「エロ貴族」呼ばわりしたことを少しだけ反省した。

じっとアレックスの横顔をうかがっていたら、視線を感じたのだろう、どうしたのかと問う眼差しを向けられて、凛は慌ててチーズの樽《たる》に意識を戻した。

できたてのカッテージチーズを味見させてもらって、クセのない美味しさに感嘆する。

「美味しい！　全然臭くない！」

「臭みが出るのはミルクが新鮮じゃないからさ。これが本物の山羊チーズの味だよ」

凛の言葉を受けて、山羊舎担当の男性スタッフが、愉快げに笑いながら説明してくれた。

「ちょうどいい時間だわ。ランチにしましょう」

農園の一角の木陰に、二十人は座れるだろう木製の長いテーブルがあって、そこに料理の皿を並べはじめたのは、果樹園やアグリツーリズモで働く女性スタッフたちだった。

ソーセージづくりやオリーブオイル搾り等、ほかの企画に参加していた宿泊客たちも集まってきて、成果を報告し合いながらスタッフも交えてみんなでランチをとるのがここのスタイルのようだ。

もちろん、オーナーだろうが責任者だろうが区別はなく、テーブルをともにする。アレックスの姿を見ても、働くスタッフたちは軽くあいさつをして、「今年はいい出来ですよ」などと言葉を交わすくらいで、妙に緊張したり、謙《へりくだ》ったりもしない。

大皿に盛られるのは、凛が農園で収穫した野菜を使ったスープにパスタ、つくったばかりのカッテージチーズを使ったサラダ、焼きたてのフォカッチャに塩漬けのオリーブ、できたてのソーセージはテーブル横のバーベキュー台で焼いて提供される。

山積みのブラッドオレンジはその場で搾ってジュースに。レモンはサボテンの蜂蜜《はちみつ》と合わせてレモンスカッシュに。よく冷えた白ワインも登場して、ラベルには記憶にある館のイラストと"Berlinguer《ベルリンゲル》"の文字。

凛以外の客は皆、欧州諸国からの旅行客だったが、基本的に英語が通じるために、会話には困らなかった。凛が話すのがカタコト英語だとわかれば、皆話すスピードを調整してくれて、何度も訊き返す必要もない。だがそれは、どうやら凛を小さな子どもだと勘違いしているためのようだった。

「日本は遠いだろう？　死ぬまでに一度、フジヤマを見てみたいねぇ」

「私は舞子《まいこ》体験をしてみたいわ」

一緒にカッテージチーズをつくった老夫婦が、まるで孫を見るように目を細めて、何かと話しかけてくれる。

「日本にいらっしゃることがあれば、僕、案内しますよ」

祖父母が生きていたら、これくらいの年齢になっていただろう。そう思ったら、ごくごく自然な笑みでそんな言葉を返していた。

「ありがとう。そのときはお願いするわね」

「長生きしなくちゃなぁ」

老夫婦の人生設計に、日本旅行が組み込まれたらしい。

「僕はアキバに行ってみたいなぁ。電子部品をいっぱい売ってるんだろう？」

電子工学の専門家だという、なかなか美人の婚約者を連れた男性は、「天国のような場所だね」と、うっとり。

こういうオタクが盗聴とかやらかすんだよなぁ……などと、胸中で失礼極まりない感想を抱きつつ、凛は「はは……」と曖昧《あいまい》に笑って返した。

ランチを終えると、老夫婦は昼寝をすると言って腰を上げ、カップルは敷地内を散策すると言って出かけていった。

スタッフたちはおのおの持ち場に戻り、ホテル経営を学んでいるという青年は、最後までアレックスを質問攻めにしていたけれど、ワインのボトルが空になったところで、ようやく「ありがとうございました」と腰を上げる。そして、夕方までアーモンドの収穫を手伝う約束をしているのだと、農園に足を向けた。

アレックスとふたり残されて、凛は木陰でブランカとジーノをクッションがわりにまどろむ。二匹のほうから寄ってきて、凛に寄り添うように寝そべってしまったのだ。

アレックスはデッキチェアで長い脚を組んで、陽の傾きはじめた農園や果樹園、その向こうで草を食む羊や山羊の群を見やる。

ベルリンゲル家が経営するホテルはここだけではなく、都心にはいわゆるラグジュアリーホテルや、避暑地にはリゾートホテル、商業施設と一緒になったタワーホテルなど、世界中に多くの施設を有していることが、ちょっとネット検索をかけるだけでわかる。

けれど、なかでもこの土地が特別な場所であることは、たった半日巡っただけで、凛にも理解できた。

ここで働くスタッフが、皆この土地を愛していて、この土地の恵みに深い感謝の気持ちを抱いていて、だからオレンジもレモンもオリーブも野菜もチーズも、みんな美味しくて、皆で囲むランチがあんなに楽しいのだ。

こんな自然に囲まれた豊かな土地でなら、ひとりぼっちの寂しさも感じずに暮らせそうだと思う反面、ここでひとりぼっちだったら、もっともっと寂しいかもしれないとも思う。

ブランカとジーノのぬくもりに触れるうちに、こっくりこっくりしはじめて、凛は心地好いまどろみを堪能した。

やや して、傍らの草を踏む音。両脇を固める二匹が、クゥンと小さく鼻を鳴らす。覚醒《かくせい》を促されて瞼を上げると、覗き込むシルエット。「陽が傾いてきた」と、アレックスが手を伸ばしてくる。

寝ぼけ眼のまま素直に抱き起こされて、ややしてハッとした。

「あ……えっと、すみません」

後片付けを手伝いもせず、のうのうと昼寝をしていたなんて……と、目を擦《こす》り擦り腰を上げようとすると、その手をとられた。

「やめなさい。肌が傷つく」

凛がきょとりと目を瞬くと、両脇からブランカとジーノが、凛の頬をペロリペロリと舐めた。

「わわ……っ、もうっ、涎《よだれ》だらけになっちゃうよっ」

驚いて逃げようとする凛を片腕に抱きとめて、アレックスが胸ポケットのチーフを取り出す。やわらかなシルクの感触が、凛の頬を拭った。

「あ…りがとう、ござい ま…す」

引き起こされ、太陽の角度が少し傾いた景色を見やる。もうしばらくしたら、小高い丘の向こうに真っ赤な太陽が沈むのだろう。

「この土地を気に入ってもらえたようだな」

「はい！　とても素敵な場所です。みんなやさしいし」

なにより食べ物が美味しいし！　と言葉を足すと、アレックスが微笑ましげに目を細めた。

しまった、鈴音なら、もう少し上品な言い方をしたかもしれない。言葉を選ばないと、妙に勘ぐられかねないと反省して、「へへ」と愛想笑いを返す。

するとアレックスが、凛の薄い肩を抱き寄せ、耳朶《じだ》に唇を寄せた。

「代々の当主に受け継がれてきた土地だ。私の花嫁は、この景色を手にすることができる」

大いに含みのある口調で囁《ささや》かれて、凛は大きな目に勝気な色を浮かべて傍らの紳士を見上げた。

「それ、どういう意味ですか？」

ちょっと、小馬鹿にされた気がしたのだ。金と結婚するつもりで来たのだろうと、試されたように聞こえた。

「僕、そんなにお安くありません」

肩をぐいっと押しやって、一歩距離を取る。

凛のその反応が気に入ったらしいアレックスは、クスリと笑って、「では——」と言葉を継いだ。

「許嫁殿は何を望む？」

望みがあれば言うといい。なんでもかなえてやると言われて、凛は長い睫毛を瞬いた。

「何、って……」

そう言われると、咄嗟に浮かばない。

とりあえずいまは、お墓を直すお金が欲しいだけだ。

アルバイトをして貯めればいいのだけれど、このご時世、よほど割のいいバイトを見つけない限り、長期休暇の間に貯めることは不可能な金額が、修繕の見積もりとして上がってきている。それでは、祖父母と両親の命日に間に合わない。

でもいまは、それを口にすることができない。

だから凛は、思ったままを返した。

「なんにも、いらない」

どうせ物じゃ満たされないし、傍《そば》にいてほしい人はもう空の上だし、ほかに欲しいものなんて……。

「リン？」

怪訝《けげん》そうに呼ばれて、凛はハタと我に返る。

「あ……えっと、こ、この景色眺めながら、温泉に入れたら、日本人としてはこれ以上いうことないんですけど」

イタリアは温泉って湧いてないんでしたっけ？　と、自分から尋ねておきながら、アレックスの返答も聞かず、足元にお座りする二匹に声をかける。

「おいで、ブランカ！　ジーノ！」

遊ぼう！　と駆け出すと、二匹は嬉しそうにひと鳴きして追いかけてきた。

「わふっ」

「ワンワンッ」

無償の愛情を注いでくれた両親も祖父母もなくて、ただ愛が欲しいなんて、らしくないことを考えてしまった。

そんな自分が恥ずかしくて、いまの会話をなかったことにしたかったのだ。

今の自分は、華道の家元の次男坊である三沢《みさわ》鈴音であって、天涯孤独の楢木《ゆうき》凛ではない。

鈴音には、愛してくれる家族がいるし、家元にはなれないものの、華道の世界に居場所もある。

自分とは違う。

失うことを恐れる凛がはすに構えても、鈴音はいつもニコニコと笑って、凛の毒舌を受けとめてくれる。それは鈴音が充分に愛されて育ったがゆえの、心の余裕だ。

そんな鈴音のためだから、凛はなんとかしてやりたいと思ったし、望まない結婚などさせてなるものかと義憤をみなぎらせもした。

でも……。

「来てみたら、よかったのに」

来てみたら、存外とアレックスを気に入ったかもしれないし、婚約が冗談でしかないものだったとしても、両家の関係は良好に進んで、鈴音の華道家としての道も開けたかもしれない。

「お貴族さまも、悪いやつじゃなさそうだぞ」

草むらに転がって、ブランカとジーノに舐められまくりながら、暮れはじめた空を見上げて、そんなことを呟く。

「く、くすぐったい……よっ、も……っ」

犬たちとじゃれる凛を、アレックスが木陰のチェアで見守っている。

あまりに長閑《のどか》すぎて、当初の目的を忘れてしまいそうになる。凛はじゃれつく二匹を抱き寄せ、「うまくいくように、おまえらも祈っててくれよな」と、お陽さまの匂いのする毛並みを撫でた。

アグリツーリズモですごす時間がすっかり気に入った凛は、アレックスに領地内を案内してもらった翌日から、時間の大半を、農園や工房ですごすようになった。お供は白黒の二匹の犬だ。

アレックスが、日本からの客人だとスタッフに紹介してくれたのもあって、どこへ足を向けても、みんな心からの笑顔で迎えてくれる。

農園でブラッドオレンジの収穫を手伝ったお駄賃《だちん》に、搾りたてのジュースをご馳走してもらい、チーズ工房で大鍋を掻《か》き混ぜるのを手伝ったご褒美《ほうび》に、工房のマンマが特製のチーズケーキをつくってくれる。

仔山羊の世話を教えてもらい、乳搾りを体験し、収穫したての野菜を使ったイタリアの家庭料理をスタッフに伝授してもらう。

「さあ、これが半年前に塩漬けにしたオリーブだ。種を抜いて、なかにガーリックとアンチョビを詰めるんだ」

「これ、どうするの？」

「ワインのつまみさ！　最高にうまいぞ！」

オリーブ園併設の工房では、レストランで出すだけでなく、土産物としても売られているオリーブの瓶詰《びんづ》めづくりを体験した。

ランチは農園や工房のスタッフと一緒に屋外でとり、夕方になるとアレックスが迎えにきてくれる。

ひとりで行き来できると言ったのだが、取り合ってもらえなかった。

「迷子になったりしませんよ」

いくら領地が広いからって、ほとんど一本道で繋がっているのだから、迷いようがない。

「ダメだ。何があるかわからない」

強い否定は、凛の身を案じるが故のもので、またドキドキして困った。

はじめこそ、ひとりになどさせられないと言っていたアレックスも、凛が楽しそうにしているのを見て、好きにさせてくれるようになった。

許嫁の殊勝な心がけとでも思ったのか、「館の仕事を覚えるのはいいことだ」と言って、自分は凛の滞在中すっかり休むつもりでいた仕事をすることにしたらしい。

とはいえ、出かけていく様子はなく、館の一室が執務室として機能しているようだ。

なるほど、上流の上をいくセレブともなれば、通勤の必要もないわけか。

庶民とはどこまでも違うと感心しながら、凛はアグリツーリズモでのスローライフを堪能する。

ひとはみんなやさしく、動物もいっぱいいて、寂しいなんて感じる暇もない。

自然のパワーにあふれたフレッシュなものをたらふく食べて、太陽光をめいっぱい浴びて、犬たちと自然のなかを駆けずりまわっていれば、あれこれ考える間もなく、夜は夢も見ずぐっすりだ。

「リンさん、ハーブを摘みに行きませんか？」

シェフから、今晩のメインに使うハーブを届けてほしいと頼まれているのだと、サボテンのジャムをつくる行程を見学していた凛を呼びに来たのは、ベルリンゲル家でガーデナーとして働くルカだった。

親子代々、この館で庭師を務める家系で、彼の父親もまだまだ現役。ルカ自身は、ヨーロッパの有名なガーデニングコンテストで賞を取るほどの腕前なのだという。まだ二十代の若さながら、新進気鋭のガーデナーとして、ヨーロッパではすでに名の知られた存在なのだと、農園のみんなが教えてくれた。

棘《とげ》のあるサボテンの実を使うジャムづくりの行程は、危ないからと手伝わせてもらえなくて、退屈していた凛は、すぐに誘いに飛びついた。

ベルリンゲルの領地内には、まったく自然のままに見える庭もあれば、英国庭園のように整えられた一角もある。景観や宿泊施設の内装などに合わせて、庭が管理されているのだ。

ハーブ園は、農園の一角に仕切られてあるわけではなく、敷地のあちらこちらに自生していて、住み分けがなされているらしい。

凛の目には、ただの草にしか見えないものもあれば、都会暮らしであっても目にしたことのあるものも生えている。名前だけは聞いたことのあるものや、ただの草だと思っていたら薬効の強いハーブだった、とか……。

「これがフェンネル。向こうがオレガノ。トマト料理には欠かせません」

「へぇ……」

ルカはさすがの博識で、ハーブだけでなく、花や植物のことならなんでも知っている。

本物の鈴音とだったら話も合うだろうに……と思いながら、植物のことなど何も知らない凛は、知ったかぶり半分、鈴音のふりをするよりほかない。

華道に使う日本の花じゃないんだし、知らなくてもおかしくないよね？　と、胸中で己に言い聞かせつつ、純粋な興味のままに、ルカの説明に耳を傾ける。

「こっちがスペアミントで、こっちがペパーミント。ミントティーにはどちらも使いますけど、ペパーミントのほうが薬効は強いんですよ」

「へぇぇ……」

「これがイタリアンバジル。こっちはホーリーバジルで、お茶にするほか、インド料理にも使われます。向こうのはタイバジルといって、タイ料理のガパオ(バジル炒め)に使われているのがあります。ほら、葉っぱの形が三つとも全然違うでしょう?」

「ほんとだー」

イタリアンバジルは、ピザなどに載っているのを見るから知っているけれど、ホーリーバジルやタイバジルなんて、はじめて聞いた。

「そのあたりから上を摘んでください。そうすると、ほら葉の根元から新しい枝が分かれて、育ったらまた収穫できるんですよ」

ベランダガーデニングの基礎知識のようなことをルカに教わりながら、凛は籠いっぱいにハーブを摘む。

こんなにたくさん料理に使われているなんて、全然知らなかった。

「日本ではドライハーブとして売られているものが多いらしいですからね。でも、フレッシュハーブをひと枝加えるだけで、料理の味がぐっと引き立つんですよ」

「そっか、だからここで食べる料理は、みんなひと味違うっていうか、美味しいんだね」

「シェフの腕も、工房で働くマンマたちの腕もいいですが、何より素材がいいですから。何を食べても美味しいでしょう?」

「うん!」

日本に帰るまでにかなり体重が増えそうだと言うと、「この子たちと、あれだけ走りまわっていれば大丈夫ですよ」と、足元の二匹に視線を落として笑われた。

「わふっ」
「クゥン」

アレックスの言いつけを守るがごとく、ブランカとジーノは凛がどこへ行くにもついてくる。

白黒のナイトたちの存在は心強く、また彼らがいることで、スタッフも凛に声をかけやすいのか、主の客とわかった上で気さくに接してくれる。幼い子ども同様に動物が人間関係の潤滑剤になるのは、世界中どこへ行っても同じらしい。

「旦那さまの言いつけを、ちゃんと守ってるんだね。偉いな」と、ルカが頭を撫でると、二匹は嬉しそうに尻尾を振った。

アレックスとはまるで正反対というか、そもそも年齢が全然違うけれど、ルカは日本でいうところの草食系男子というか、やさしいお兄さんといった印象だ。

毎日自然のなかで植物と触れ合っていると、こういう気質になるのだろうか。凛はルカのなかに、鈴音に通じるものを感じていた。

今回の作戦がうまくいったら、鈴音をちゃんと紹介してやれないだろうか。でも、アレックスとの関係がご破算になったら、その使用人であるルカとも、こんなふうに話せないのだろうか。

——やっぱ鈴音、自分で来るべきだったんじゃないかなぁ……。

アレックスは悪いヤツじゃないし、話の合うルカもいるし……などと考えて、凛は少し寂しくなった。

アレックスが「リン」と呼んでくれるから、ついつい自分が望まれてこの場にいるような気になってしまうけれど、でも「リン」は鈴音の愛称であって、「凛」と呼んでくれているわけではない。

「さあ、シェフがお待ちかねです」

摘んだハーブを届けて、ついでに厨房《ちゅうぼう》を覗かせてもらうといいですよ、と言われて、凛は頷いた。美味しいイタリアンがつくられる現場を見てみたい。

日本に帰ったらもうきっと、二度とこんな美味しいイタリア料理にはありつけない気がする。どんな有名レストランでも、絶対にここの味は出せない。

ルカと一緒に、ブランカとジーノを引き連れて、館の裏手から厨房の勝手口を覗く。

凛に気づいたシェフが慌ててやってきて、「リンさんが摘んでくださったんですか？　ありがとうございます」と頭を下げた。

まだ若いシェフだが、あのアレックスのお墨付きなのだから、腕に間違いはない。アグリツーリズモのレストランで腕をふるうシェフの弟子で、いまは舌の肥えたアレックスを満足させるべく日々修業中、というのは本人の弁だ。

「たくさん摘んでいただきましたから、今日はジェノバソースをつくりましょう」

「ジェノバソース？」

「バジルをたっぷりと使ったパスタソースですよ。ピザやサラダのドレッシングに使ったりもするんです」

つくり置きができるから、たくさんつくって保存しておくと便利なのだと聞いて、凛は興味の虫を疼かせた。

「あ、あのっ、邪魔にならないようにするんで、見ててもいいですか？」

館の厨房には、思いがけず少人数のスタッフの姿しかなかった。

主であるアレックスと、客人である凛のために調理がなされるのだから、当然といえば当然だが、考えてみればこれほどの贅沢もないだろう。

「もちろん。——じゃあ、手伝っていただけますか？」

「いいんですか？　やります！」

家族を亡くしてからずっと自炊してきたから、同年代男子のなかではそこそこ料理はできるつもりだけれど、でも自分が食べるためにしかつくらないから、手の込んだメニューとは無縁だ。

せっかくイタリアまで来たのだから、本場の味のひとつくらいは覚えて帰りたい。

「パンも、ここで焼いてるんですか？」

今日の朝食に出されたオリーブのフォカッチャもすごく美味しかった！　と言うと、シェフが「レストランの窯《かま》で、専属のパネッティエレ《パン職人》が焼いてます」と教えてくれる。スタッフの賄《まかな》いのぶんまで焼くから、館のオーブンでは足りないのだ。

アグリツーリズモのレストランでは、もっと多くのシェフが働いていて、専属のドルチアーリオ《菓子職人》もパネッティエレもいる。

本人の意思も尊重した上で定期的に配置換えが行われていて、シェフは自ら希望して、あえて評価の厳しいアレックスのための食事をつくる担当にしてもらったのだと誇らしげに語った。

「旦那さまは評価が厳しいですから、いい修業になります」

腕が認められれば、ベルリンゲル家の出資で店を持たせてもらうこともできるのだという。才能の発掘に、アレックスは手間も時間も資金も惜しまないため、若い才能が集まってくるのだと、説明を補足したのはルカだった。

彼自身、アレックスの援助のおかげで、コンクール出品作品をつくり上げることができ、そこで賞を取れたことで、ガーデナーとして華々しくデビューを飾ることができた。

語られるアレックスの評判に対して、「できすぎじゃないか？」と、斜《しゃ》に構えた感想を抱きながらも、妙に誇らしい気持ちにさせられていることに、凛は気づいていなかった。

材料をブレンダーに放り込んでスイッチオン！　するだけ、という簡単調理ながら、それでもバジルペーストを自作した満足感でいっぱいになる。普段家ではあまりつくらないメニューだから、やってみれば簡単なことであっても、達成感が大きいのだ。

次いで、エシャロットをみじん切りにする。使い慣れないペティナイフで日本式のみじん切りを披露したら、厨房スタッフが集まってきて大絶賛に見舞われた。

日本人の器用さや繊細さは、欧米人とは比べものにならない。日本人にとってはごくあたりまえの包丁遣いでも、海外に出れば「wonderful!」「bravo!」の嵐に見舞われたりする。

そんなことなど知らない凛はビックリして、ついつい調子に乗って、タマネギもニンジンもセロリも、みじん切りしまくった。

結果、夕食のメニューが一品増えることになった。

「ガスパチョにしましょう。これだけあれば、賄いにもまわせます」

大鍋で仕込まれたガスパチョを味見して、「美味しい！」と顔を綻ばせる。厨房のスタッフに「旦那さまもきっと喜ばれますよ」と言われて、急に気恥ずかしくなった。

――なんか俺、目的忘れて完全に楽しんでる気がする……。

いまさらそんなことを思って、胸中で鈴音に「ごめん」と詫びる。でも、楽しいのだからしかたない。

――目的は忘れてないからっ。

今一度胸中で言い訳をして、「次は？」という期待の目をシェフに向ける。

「大事な仕事をお願いしてもいいですか?」

シェフは、待ってましたとばかりに、ニッコリと笑みを返してきた。

「俺にできること? いいよ!」

勢い込む凛に、シェフが差し出したのは、小皿の並んだトレー。

「こちらを旦那さまに。味つけのOKをいただいてきてください」

レストランで出す料理の味見だという。——にもかかわらず、凛が手伝ったバジルソースとガスパチョの小皿も一緒に並んでいるのはなぜ?

「でも、これ……」

「旦那さまのOKがなければ出せませんので」

安請け合いしてしまったが、これは大変なお役目ではないのか? と困惑する凛の背を、「冷めないうちに早く」とシェフが押す。

「う、うん……」

しかたなく凛は、トレーを手にアレックスの執務室に足を向けた。

途中でドナッジオに遭遇して、「どうされたのですか?」と目を丸くされ、かくかくしかじかと説明すると、「それはそれは……」と微笑まれる。

「きっとお喜びになられますよ」

凛がつくったものならアレックスは喜んで食べるだろうと言われて、「ただの味見なんだけど……」と、凛は首を傾げた。

　それでも、シェフとの約束を果たさねば！　と、アレックスの執務室のドアをノックする。いつもドナッジオがそうしているのを思い出して、なかからの応えを待ってからドアを開けた。

「あの……シェフに頼まれて……」

　凛がひょこっと顔を覗かせると、アレックスは書類にサインする手を止めて、凛を招き入れてくれた。

「聞いている」

　ドナッジオからかシェフからか、凛が部屋を訪ねる旨、先に連絡がいったようだ。

　ソファを勧められて、そのローテーブルにトレーを置く。

「シェフが、味見してくださいって」

　一日中楽しく働いて、血色のいい頬をした凛を見て、アレックスは「身体を動かしているのが楽しいようだな」と、いささか苦笑気味に言う。

　自分がエスコートするより、ブランカとジーノを引き連れて、アグリツーリズモでスタッフたちに交じって働いているほうが楽しいなんて……と、いささか呆れているように感じられた。決して怒っているわけではなく、酔狂だと言いたいのだろう。

「バジルペーストとガスパチョと……新作のパンチェッタか……」

シェフの意図を素早く汲み取って、アレックスは小皿に手を伸ばす。まずは凛がつくったバジルソースをスプーンでひと掬《すく》い。口に運んで、ややして頷いた。

「これまで以上にハーブの香りが立っているな」

美味しいってこと？　と、凛がうかがう視線を向けると、アレックスは「美味しくできているよ」といま一度頷いた。

「ホント⁉」

途端、凛はパァァ…ッと顔を綻ばせ、アレックスにかぶりつく。

「これ、俺がつくったんだよ！　ルカと一緒に摘んだハーブで！」

ブレンダーのスイッチを押しただけであっても、シェフに指示されるままに調味料を加えただけであっても、つくったことに違いはない。

勢い込む凛の様子に、アレックスは少し驚いた顔をして、それからクスリと笑みを零した。皮肉めいた笑みではない。思わず零れた、といった印象の笑みだ。凛がはじめて見る、これもアレックスの一面だった。

「次は……」

「ガスパチョ食べて！」

自分がみじん切りした野菜をたっぷりと使った冷製スープだ。刻んだだけで、味付けも何もしていないのだが、凛はつくった気満々だった。

「ずいぶんと繊細なつくりにしたのだな」

スプーンで掬い取ったスープに浮く具材の細かさを見て言う。繊細なみじん切りを褒められて凛は目を輝かせた。

「舌触りがいいな。ナイフスキルの差がこうも味に影響するとは……」

それって、美味しいってことだよね？

「じゃあ、レストランで出しても……？」

凛が恐る恐るといった様子で尋ねると、アレックスはスライスレモンの浮いた口直し用のスプリングウォーターのグラスを口に運んで頷く。

「もちろんだとも」

凛は、反射的にアレックスに飛びついていた。

「やったぁ！」

アレックスの手にしたグラスの水があふれかかって、彼らしくなく、少し慌てた様子でそれをローテーブルに戻す。

「それ、俺が切ったの！」

日本人は手先が器用なんだから、全然違うでしょ！　と自慢げに言うと、アレックスは腕に飛び込んできた凛の痩身を受けとめながら、「そんな仕事まで手伝っていたのか」と小さく笑った。

「たくさんできたから、みんなも賄いで食べてくれるって」

やさしくしてくれる皆の役に立てたようで嬉しくて、アレックスに話を聞いてほしくてたまらなくて、凛は広い胸元に飛びついた恰好のまま、大きな目をキラキラさせて話して聞かせた。

ふたりの距離がとても近いことに凛が気づいたのは、ただでさえ長身のアレックスを、見上げる角度が尋常ではないと、ややして認識したため。

アレックスはソファに腰を落としているから、見上げる必要などないのに、その胸に縋っているせいで、間近に端整な面《おもて》を見上げる恰好になっていたのだ。

「あ……」

思わず黙して、長い睫毛を瞬く。

間近に見下ろす碧眼が、スッと細められた。

紅潮した頬をアレックスの長い指が撫でて、頬にかかった髪を梳く。耳の裏をくすぐられて、首を竦めた瞬間だった。

ぐいっと腰を引き寄せられ、広い胸に包み込まれる。

青い瞳の中心に映る自分が驚きの表情を浮かべているのを、見た気がした。

「……っ!」

唇に熱いものが触れて、それがアレックスの唇だと気づいた瞬間、無意識に腕を突っ張っていた。

軽く触れただけの熱はあっという間に凛の全身を巡って、白い頬が朱に染まる。

呆然と見上げる先、碧眼がゆるり……と見開かれ、驚きとも困惑ともつかぬ色が過った、と思った瞬間、今度はもっと強い力で、痩身を抱き竦められていた。

「……んんっ！」

軽く触れられただけで痺《しび》れていた唇を、今度は強引にこじ開けられ、口腔を犯される。

はじめて経験する濃密な触れ合いに抵抗する術《すべ》もなく、凛は慣れた大人の手管《てくだ》に翻弄《ほんろう》された。

驚きに固まっていたのも束の間、脳髄《のうずい》がジ…ンッと痺れるような感覚に襲われて、四肢から力が抜ける。

広い胸にくたり…と痩身をあずけ、さらに深められる口づけを甘受する。

縋るものを求めた手がアレックスの胸元から肩へと滑らされ、それがまるでもっととねだっているかのようにスーツの生地に皺《しわ》を寄せた。

「……んっ」

口づけが解かれ、甘ったるい吐息が零れる。

それを掬いとるかのように、ぷっくりと濡れた唇を軽く啄《ついば》まれ、凛はとろみを帯びた瞳を飾る長い睫毛を震わせた。

呆然と状況を把握できないでいると、そのままソファの上でアレックスの膝に抱き上げられて、赤子をあやすように小さな頭を撫でられた。

頭の芯が痺れていて思考回路が働かず、陶然《とうぜん》と身をあずけてしまう。髪を撫でてくれる手のあまりの心地好さに、もっと甘えたい気持ちにさせられて、凛は目の前にある肩に額をすり寄せた。

頤《おとがい》をとられ、顔を上げさせられて、額に唇が押しあてられる。

「リン？」

甘ったるく名を呼ばれて、しかし凛は、ゆるゆると意識を覚醒させた。

「凛」と呼ばれたわけではない。「リン」と呼ばれた。それは、自分の名前ではない。アレックスは、凛を呼んだわけではない。

――……っ⁉

白い瞼を瞬くこと数度、凛は己の置かれた状況を理解する。

そして、驚きに目を見開くや否や、アレックスの肩を突き飛ばし、膝から飛び下りた。ローテーブルに膝をぶつけかけて、慌てて回避する。それを見たアレックスが、「すばしっこいな」と、この場にそぐわぬ感嘆を零した。

「な……な……っ」

何をするんだっ！　と怒鳴りたいのに、いまだに舌が痺れていて呂律《ろれつ》がまわらない。

かわりに腕を伸ばして、悠々《ゆうゆう》と自分を見上げる紳士の胸倉に摑《つか》みかかる。

「な……何、を……っ」

真っ赤になって、男の胸倉をぐいぐいとやったところで、飛び下りたはずの膝に自ら舞い戻っている状態。照れているのか、拗《す》ねているのか、はたまたもっとしてとおねだりしているのかと、勘違いされるのが関の山だ。

案の定アレックスは、凛の手を包み込むように大きな手を重ねたかと思うと、またも軽く唇を食んできた。

「な、何するんだっ！」

ようやく声を出すことがかなって、肩を突き飛ばすものの、腰をがっちりとホールドされていて逃げられない。

「は、放せっ」

暴れても、可愛いものだと引き戻される。

「乗ってきたのはきみのほうだと思うが――」

「違う！」

都合よく誤解するな！　と真っ赤になって怒鳴って、凛はどうにかこうにかアレックスの腕の囲いから抜け出した。ヘナヘナと反対側のソファにくずおれそうになって、かろうじて身体を支える。

一方のアレックスは、悠然とソファに身をあずけたまま、そんな凛を愉快そうに眺めていた。

「私はきみのフィアンセだ。キスくらい、いいではないか」

「な……っ！　ダ、ダメに決まってるだろっ！」

いまどきの大学生がたかがキスのひとつやふたつで何を大騒ぎしているのかと、呆れられるのも当然なのかもしれないけれど、凛にとっては大問題だった。

「どうして？」

「どうして、って……だ、だって、こういうことは、本当に好きな相手とじゃなきゃ、しちゃいけないいんだっ、だから……っ」

自分でも恥ずかしいことを言っている自覚があって、語尾が掠《かす》れる。

——だって、はじめてだったのに……っ。

胸中でこだまさせる事実は、恥ずかしくて口にできず、凛は真っ赤になって固まった。

可愛らしい容貌で弟のように、ときにはお人形のように、女の子からかまわれることの多い凛だけれど、誰ひとりとして男として見てはくれなかった。

それでなくても、両親を亡くしてからは、ひとりで生きていくだけで精いっぱいで、気心の知れた男友だちはともかく、こちらが気を遣わなければならないガールフレンドなんて、たとえできても長つづきするはずもなかったのだ。

当人は無自覚ながら、凛は甘えたい気質だ。意地っ張りで強がりで、はすに構えて自分はひとりで大丈夫と言ってはばからない一方で、本心では、亡くした両親のように、無条件に甘やかしてくれる存在を求めている。

家族の情愛と恋情とは別物であることは、知識として理解していても、実体験できないままに、いまに至っている。

結果的に、ガールフレンドと深い仲になる機会もないうちに、彼女といっていいのかな？　などと呑気に考えている間に飽きられ、それっきり、というのが常のパターンだった。

そんな凛だから、愛らしい容貌の割に年齢相応の経験値もなく、だから「キスくらい」と言われて、正直傷ついたのだ。

赤くなったり青くなったりしながら、言葉をまごつかせる凛を興味津々とうかがっていたアレックスが、たまりかねたように小さく噴き出す。ソファの肘《ひじ》かけに頬杖をついた恰好で、嚙《か》み殺しきれない笑いに喉《のど》を震わせた。

「わ、笑うなっ」

涙目で怒る凛に、「……すまない」と返しつつも、逞しい肩が震えている。

「笑うなって言ってんのにっ」

自分が鈴音のふりをしていることも忘れて、凛はまたもアレックスに摑みかかった。

だが、振り上げた拳は大きな手にすっぽりと止められて、凛は三度《みたび》アレックスの膝の上。

腰を抱き寄せられてようやく失敗に気づき、暴れたが、無駄だった。

「は、放せってばっ、エロ貴族！　ヘンタイ！」

パニックになるあまり、ありえない罵倒《ばとう》まで飛び出して、しかし凛は自分が何を言っているのか自覚していない。アレックスは、そんな凛を微笑ましく見やりながら、「酷いな」と苦笑するばかりだ。

けれどすぐに笑いを引っ込めて、凛の紅潮した頬を、大きな手で包み込んだ。潤んだ瞳をゆるりと見開いて、凛は碧眼に魅入られる。

「きみは、私が嫌いか？」

どこか切なげにも聞こえる声音で問われて、凛は怒気を引っ込めた。けれど、今度はまた別種のパニックが襲って、なんと返していいかわからなくなる。

「……え？　え…っと……」

そういう意味では……と、口中で言葉をまごつかせる。

そうだった。自分はいま、アレックスの婚約者の鈴音のふりをしているのだった。なのに鈴音ではありえない言葉遣いをして、暴れて、この場をどう取り繕ったらいいのか……。でも、正式に婚約発表したわけではないのだから、まだ早いと突っぱねてもおかしくはないはずだ。

「だ、だって、まだ会ってそんなに経ってないし、僕、男だし……」

ついポロリと零してしまって、胸中で「しまった」とヒヤリとする。けれど、アレックスから、それに言及する言葉はない。きっとバレているに違いないと思いつつも、指摘されるまでは知らんぷりを決め込むつもりでいた凛は、やはり…と、思うと同時に、安堵と相反する戸惑いと、それから高揚とを覚えた。

好きとか嫌いとか、そういう問題じゃ……と、なんとか言い訳を並べる。

アレックスは、「急ぎすぎてしまったかな」と苦笑した。そして「花嫁殿が、あまりにも可愛らしかったものだから」などと、歯の浮くセリフを口にする。

「ま、まだ許嫁だよっ」

花嫁じゃない！　と口を尖らせる。

イタリア男は本当に口がうまいんだからっ、ちょっと気を許したら何を言いだすかわかったもんじゃないっ、とブツクサ。

言い返すのに必死で、とりあえず座らされた膝の上から逃げる、という一番の対抗手段を忘れていた。

アレックスの眼差しがますます愉快げに細められて、凛がそれにドキリとした瞬間、今度は頬――とはいえ、限りなく唇に近い位置で高いリップ音が鳴った。

「……っ！　な……っ」

「頬ならいいだろう？」

あいさつでもするのだから、と言われて、返す言葉がなくなる。

「う……っ」

なんか、違う気がするっ、と思いながらも、ダメとも言えなくて、凛はつんっとそっぽを向いて、アレックスの膝から飛び下りた。

今度は、間違いなく腕の届かない距離を取る。向かいのソファに座って、毛を逆立てて威嚇する猫がごとく、納得がいかない目で悠然と構える男を睨《にら》んだ。

「さ、三度目はないからっ」

次に手を出してきたら、鈴音には悪いけど、日本に帰るっ！　と胸中で決意を固めながらも、いますぐ帰るとは、なぜか考えない凛だった。

「心に留め置こう」

どこまで本気か知れない応えに、凛は「イタリア男って！」と内心で毒づく。

——ほんっとに手が早いったらないよっ、しかもうまいしっ。

比べる相手がいるわけでもないのに、本能的にそんなことを考えて、凛は自滅した。頭のてっぺんから湯気が出そうだ。

キスは、たしかに気持ち好かった。

抱きしめる腕も力強くて、もっと甘えていたい気持ちにさせられる。

——ダメだダメだっ。

鈴音、やっぱり来なくてよかったよ。この手の早い男にかかったら、その気がなくても気づいたら結婚させられてそうだよ。

だから、自分が食い止めなければ。この程度のことでパニックになっている場合ではない。

――お墓の修繕費も！

待っててね、じいちゃん、ばあちゃん、お父さん、お母さん。命日までには、絶対に直してあげるから。

そんなことを考えつつ、凛はじっとソファに身を縮こまらせて、それからディナーまでの時間、アレックスの執務室で、アレックスの仕事ぶりを観察しながらすごした。

ひっきりなしに鳴る電話に、その都度各国語で応じながら指示を返し、インターネットで何をしているのかパソコンを操作して、ときおりドナッジオが届けに来る書類に目を通したりサインをしたり。

浮世離れした貴族などではなく、そこには実業家然とした男の姿があって、凛は怒っていたのも忘れて、働く男の背に見入った。

同性の目で見て、素直にカッコいいと思った。

長閑な農園の風景とは程遠い、世界を相手に戦う企業家の姿だ。この土地の豊かさも、スタッフたちの笑顔も、アレックスがこうして日々世界を相手に戦っているからこそ守られるものであって、ただのほほんっと自然の恵みを享受しているわけではない。

そんなことに気づいてしまったら、途端アレックスを見る目が変わって、怒ってもいられなくなる。

断りもなくキスしたことには怒っているのだけれど、でもそもそもビックリしただけで嫌ではなかったと気づいてしまって、ますますわけがわからなくなった。

この日のディナーの席で、アレックスは、先に味見したバジルソースを使ったパスタを大絶賛して平らげ、ガスパチョは賄いでも評判だったとドナッジオが報告を上げれば、「シェフに日本料理のスキルを学ばせてもいいな」などと言いだす。

凛は、「褒めすぎだよ」と気恥ずかしさを嚙みしめながら、でも嬉しかった。

フレッシュなバジルソースを使った手打ちパスタは本当に美味しくて、今度はパスタの打ち方を教えてもらえるようにお願いしてみようと心に決める。

アレックスは、好き嫌いはないようだけれど、やっぱりパスタは好物のようだ。ソースだけでなくパスタも手作りすれば、もっと褒めてくれるかも……。

——……って、俺、何考えてんだよっ。

そこ、重要なポイントじゃないからっ！　大事なのはこちらの有利に婚約を解消させることだから！

——鈴音は、嫌がってるんだから……。

自分は、ここでの暮らしも嫌いじゃないけれど……と、また考えて、凛は「違う違うっ」

と首を振る。

「どうした？」

テーブルの向かいから、アレックスが心配げな視線を寄こす。

「辛すぎたでしょうか？」

料理の味付けに使われた唐辛子《とうがらし》が多かっただろうかとドナッジオが気遣ってくれた。

「い、いえっ、なんでもありませんっ」

慌てて取り繕って、食事を再開する。

ここでこうしているのは、楢木凛ではなく三沢鈴音なのだ。自分がどう感じるとか、そんなのは関係ない。


その夜、鈴音からメールが届いた。

『凛、大丈夫？　やっぱり一緒に行くべきだったんじゃないかと、心配してます。ごめんね、面倒なこと押しつけちゃって。困ったことになってたら、僕のことは気にせず、帰ってきていいからね』

凛を気遣うメールに、『大丈夫！　まかせとけって！』と返そうとして、でも打っただけで送信ボタンを押せないまま、凛は携帯端末を閉じてしまった。

この場にいたのが自分じゃなくて鈴音だったとしても、アレックスはキスをしたのだろうか。

そんなことを考えたら、なぜかしらちょっと寂しくて、カラ元気も出なくなってしまったのだ。

「もっと簡単な話だと思ったのに……」

呟いて、ブランケットを頭からかぶって、無理やり寝た。ぐるぐる考えて眠れそうにないと思っていたのに、昼間働いたぶんの心地好い疲れが、いつの間にか凛を深い眠りにいざなってくれていた。


夜遅い時間、アレックスの居室のドアをノックしたのは、ドナッジオではなくガーデナーのルカ・ヴィアネロだった。領地内に新たに造成予定のフラワーガーデンの企画書を届けに来たのだ。

ザッと目を通したそれにＯＫを出して、あとは好きにしろと、ガーデナーの腕に一任する。それが可能な人間にでなければ、アレックスは仕事を任せない。

アレックスの鷹揚《おうよう》な決裁に「ありがとうございます」と礼を言って、ルカは主の許嫁とすごした今日一日の報告をはじめた。

「仕事の邪魔にはならなかったか？」

「とんでもない。僕も楽しかったです」

一心不乱にハーブを摘む姿は、まるで幼い子どものようだったという。日本人が若く見えるぶんを差し引いても、表情豊かな青年はより幼く見えるだろう。無邪気に犬たちと駆けまわり、オレンジをほおばっていればなおさらだ。

「リンさん、可愛いらしい方ですね」

華奢で可愛らしいから、最初は本当に女の子かと思いましたと、自分こそ見た目は草食系のくせしてルカがニコニコと言う。そして、「でも……」と言葉を継いだ。

「あんまり植物のこと、詳しくないようなんですよね」

華道の家元の次男坊だと聞いていたから、花や植物の話ができるだろうと楽しみにしていたのだけれど……と、残念そうに言うのを聞いて、アレックスは無意識に「当然だろう」と呟いていた。

「……はい？」

植物にしか興味がないようでいて、実は目端の利くルカが、どういう意味ですか？　と問う視線を向ける。アレックスは、胸中で自嘲《じちょう》を零しながらも何食わぬ顔で「なんでもない」

と話を切り、話題を変えた。

「次のコンクールの準備は順調なのか？」

「はい、おかげさまで」

潤沢な資金を好き放題使わせていただいておりますから、と満足げに言う。そうはいうものの、ルカが金に飽かせた下品なデザインをすることはない。そのあたりは信頼関係だ。

「楽しみにしている」

「ご期待に応えてみせます」

深く腰を折って、踵を返す。だが、ドアに手をかけたところで足を止めて、何やら思いついた顔で振り返った。

「やっぱり、一緒にいてさしあげてはいかがでしょう？」

なんの話だ？　とアレックスが顔を向けると、ルカは「野暮《やぼ》かもしれませんが」と前置きして言った。

「リンさん、やっぱり旦那さまがご一緒されているときのほうが、楽しそうにしていらっしゃいますよ」

言うだけ言って、ドアが閉められる。

草食系に見せかけて、その実案外と計算高いところがある。そんな男が生み出すのは、変幻自在のガーデンアートだ。

アレックスは「かなわんな」と小さく笑って、ようやく襟元《えりもと》をゆるめる。

居室にあってなお、気をゆるめることのかなわない立場にある男の目に、世間を知らない青年の無邪気な笑みも、計算高いつもりでいる小悪魔を装った初心《うぶ》な反応も、皆可愛らしく映る。

だが、手を伸ばしてしまったのは、無意識の行動だった。

「本当に好きな相手と、か……」

本当に好きな相手とでなければ、キスをしてはいけないのだと言った、青年の甘い唇の感触。いい歳をして何を考えているのかと、アレックスはひとしきり自嘲の笑みを零した。

3

少しゆっくりめの朝食をとったあと、アレックスが「観光に行こう」と言いだした。

シチリアに来て、豊かな自然を満喫して、その恵みに舌鼓を打つのもいいが、地中海貿易の要所であったシチリア島にはローマやギリシア時代の遺跡も多く存在する。有名な映画の撮影に使われた、景観の美しい街並みも多い。

「ベルリンゲル家の歴史を繙《ひもと》く前に、まずはこの島の歴史を知ってもらいたい」

フェニキア人にカルタゴ人、ギリシア人、ローマ帝国、東ゴート族、ヴァンダル族……長い歴史のなか、征服の繰り返された島には、さまざまな文化がまさしくモザイクのように入り乱れ、その置き土産として、世界遺産にも指定される遺跡や歴史的建造物が島中に点在している。

まさしく文明の十字路。その地を治めてきた貴族の血脈にも、複雑な歴史の痕跡が、色濃く刻まれているに違いない。

それゆえシチリア人には、ラテンの血を感じさせない顔立ちのひとも多い。アジア系やアラブ系、アングロサクソンにゲルマンなど。さまざまな民族がこの島を訪れ、根付き、去っていった歴史が垣間見《かいまみ》える。

「遺跡に興味がなければ、海でも山でも、好きなところを案内しよう。馬で遠乗りに出かけてもいい」

「馬⁉」

遺跡巡りもしたいけれど、凛《りん》がより反応したのは乗馬体験のほうだった。

当初に領地内を案内してもらったときに、アレックスに乗せてもらったのが、とても楽しかったのだ。

「乗馬、習いたい！」

ふたり乗りもいいけれど、ひとりでも馬を操れるようになりたい。それに、馬に乗れたらベルリンゲルの広い領地を移動するのも楽だし、アレックスに送り迎えの手を煩《わずら》わせる必要もなくなる。

「私はスパルタだが、いいか？」

「……教えてくれるの？」

アレックス自らが教えてくれると聞いて、凛は大きな目をパチクリさせる。アレックスが頷くのを見て、パァ…ッと顔を綻ばせた。

「平気！　がんばる！」

やったぁ！　と全身で喜びを表現する凛を、厩舎に案内する前に、アレックスが足を向けたのは、凛の部屋のウォークインクローゼットだった。

その奥から目的のものを探し出して、凛にあてがってみせる。それは、乗馬服だった。ちゃんと習うなら、それなりの恰好をする必要がある、ということか。

毎日クローゼットを開け閉めしていても気づかなかった。こんなものまで用意してたのか……と、驚くやら呆れるやら。

着替えを終え、ドナッジオに案内されて厩舎に足を向けると、先に着替えを済ませたアレックスが、一頭の手綱《たづな》を引いて出迎えてくれた。以前に乗せてもらった黒毛ではない。真っ白な毛並みの牝馬だ。

美しい牝馬にも目を奪われたが、それ以上に乗馬服姿のアレックスに目を奪われて、凛は思わず口をぽかんと開けてしまった。

だが、凛が口を利くより早く、アレックスが「よく似合っている」と褒めてくれる。

「サイズもぴったりのようだ」と言われて、少し大きめにつくったのかな…と、凛は胸中で首を傾げた。

凛と鈴音《すずね》とでは、凛のほうが少し大きい。乗馬服はぴったりにつくるものだから、凛にぴったりなら、鈴音には少し大きいということだ。

クローゼットに用意された洋服はカジュアルなものがほとんどだから、大きくサイズが違わなければ問題はない。窮屈《きゅうくつ》感なく着られるのはそのためだろうと思っていたのだ。

ブーツも凛のサイズだったから、やはり少し大きめを用意していたのかもしれない。

自分もアレックスに「カッコいい」と言いたいのだけれど、でも素直に口にできない。しかたなく凛は、白馬の鼻先に手を伸ばした。

「触っても平気ですか？」

「撫でてやるといい。きみの馬だ」

「俺の……？」

今日、自分が乗る馬、という意味だろうか？　まさか、許嫁のためにあらかじめ馬を用意していたなんて、あるわけがない。

まずは馬の扱いの基本と、馬具の名前などの説明を受けて、それから実際に乗ってみることにする。

「おとなしい馬だから大丈夫だ」

そう言うアレックスの手を借りて、はじめてひとりで馬の背に上がる。

「わぁ……高～い！」

目線の高さに驚いていたら、アレックスがひらりと後ろに跨《また》がって、凛は驚いた。

「わわ……っ」

慣れない馬上でバランスを崩して落ちかけ、アレックスの腕に引かれて広い胸に背をあずける。

まずは基本を教わって、それからひとりで習ったことをおさらいするのだ。

「手綱をしっかり握って。今日はまず、身体の力を抜く練習からだ」

「は、はい」

緊張して身体を強張らせていると、馬上でうまくバランスが取れず、無駄に疲れてしまうのだ。身体の力を抜いて、自然体であればあるほど、長く馬上にいても疲れにくくなると、アレックスが教えてくれた。

そう言われても、はじめてではなかなか難しい。

けれど、背後にアレックスの存在があるために、「落ちたらどうしよう」と不安に思うことなく、凛は教えられるままに手綱さばきに集中できた。

「筋がいいな」

「本当ですか⁉」

褒められて、歓喜のままに背後を振り仰ぐ。すぐ間近にアレックスの端整な面があって、碧眼とぶつかり、慌てて前方に視線を戻した。

近すぎる距離に戸惑う凛に気づいているのかいないのか、アレックスは華麗に手綱を操りながら、馬の様子を見て言う。

「こいつも、きみを気に入ったようだ」

馬は主に忠実な動物だという。気に入らない人間は乗せない馬もいると聞いて、凛は「へえ……」と目を見開いた。

「そうなの？」

凛が首を傾げて顔を覗き込むようにすると、白馬はぶるるっと鼻を鳴らして応える。

「へへ……そっか」

仲良くしような！　と、首を撫でてやると、また嬉しそうに鼻を鳴らす。あとでたっぷりニンジンをあげなくちゃ！　と言うと、「こいつは干し草のほうが好きだ」とアレックスが教えてくれた。

「今度はひとりだ。教えたとおりにやってみるんだ」

まだ無理！　と言う間もなく、アレックスは馬を下りてしまった。

「えぇ⁉　もう⁉」

「ちょ……待……っ」

「大丈夫だ。落ちついて」

騎手が慌てれば、馬も落ちつきをなくすと言われて、凛は深呼吸をした。

教えてもらったことをひとつひとつ復習しながら、馬の扱いを覚えていく。やがて凛の手綱さばきに白馬が応えてくれるようになると、俄然楽しくなった。

とはいえ、まだ慣れないから、腕も肩もガチガチだ。緊張を解くようにと言われて、意識はするものの、そう簡単にはいかない。

するとアレックスが、だいぶ乗れるようになってきた凛を見て、「せっかくだ。少し走ろう」と言いだした。馬場を出て、領地内を遠乗りしようというのだ。

自分の馬を連れてきてくれるように、厩舎番にアレックスが指示するのを聞いて、凛は無意識にも物欲しげな目でアレックスをうかがっていた。それに気づいたアレックスが、疲れたのかと気遣ってくれる。凛は首を横に振った。

「……ひとりは、まだ怖いよ」

拗ねたように言っても、アレックスは「私はスパルタだと言ったろう?」と取り合ってくれない。だが、じっとうかがう大きな瞳の懇願に根負けしたように、厩舎番を止めると、ひらり…と白馬に跨がった。

ようやく肩の力を抜くことがかなって、凛は全身の緊張を解く。そのタイミングを狙《ねら》ったかのように、アレックスが馬を走らせた。

「わ……っ」

だが、急な加速もスピードも、アレックスに背をあずけていれば少しも怖くなかった。

「すごーい!」

速～い! と凛が歓声を上げると、白馬はさらにスピードを増して、ベルリンゲルの領地内に張り巡らされている未舗装の田舎道を駆ける。

少し先に見えた柵を華麗に飛び越えて、草むらを走り、丘を駆け上って、大きな一本の木の下まで来て、ようやく肢を止めた。

「わ…ぁっ、すごい眺め！」

さまざまな色目の緑の大パノラマだった。いくつもの丘陵が連なって、その合間合間に果樹園と農園、そしてアグリツーリズモのホテルとして使われているいくつかの離宮が見える。さらには、草を食む羊や山羊の群も。

「この方向に陽が落ちる」

アレックスが、丘陵の連なった向こうを指差して言う。

「夕焼け、綺麗だろうなぁ……」

最初に見せてもらった夕焼けも、それはそれは綺麗だったけれど、広い領地は立つ場所によって、景色も色合いもまったく見え方が違う。日本のような四季はないらしいが、季節によっても違って見えるのだろう。

「ああ、とても美しい景色だ。何度見ても、感動を覚える」

高い建物がまったくない広い空がオレンジ色に染まるさまは、さぞ美しいに違いない。

凛が「見たいなぁ」と呟くと、耳朶に応えが落とされる。

「見に来ればいい。毎日でも」

乗馬を覚えれば、館からこの丘まで、たいした距離ではないと言われて、それ以前の問題なんだけど……と、凛は視線を落とした。

「俺……」

馬上でアレックスの胸に背をあずけた恰好で、これ以上ない美しい光景を目に映していたら、どうしても訊きたくなってしまった。

「どうして、俺を呼んだの？」

背後のアレックスは、何を言いだしたのかと、問いたげな様子で凛の顔をうかがってくる。背後を振り仰いで、凛は言わないでおこうと思っていたことを、とうとう口にしてしまった。

「だって、男だよ？　そんなの、すぐにわかったでしょ？」

会ってすぐにわかったろうし、それ以前から、わかっていた可能性だって考えられる。アレックスほどの立場なら、いくらでも調べる方法を持っているだろうし、それを可能にする資金力もある。

なのに、許嫁だといってやってきたのが男の凛でも、アレックスは何も言わなかった。

凛がうっかり口を滑らせても、まるで聞こえなかったかのように、まったく言及してこなかった。

けれど、多くの国で法制度が整いつつある同性婚制度について、ヨーロッパ一遅れている国といわれているのがイタリアだ。その国で元貴族の称号を持つ家柄の当主が、男でしかも日本人の許嫁とどうこうなど、許されるわけがない。

それもあって、鈴音から相談された当初は、性別を誤解しているから呑気に航空券など送ってきたに違いないと思っていたのだが、そうではないと凛はいま、確信していた。

「会ったこともない相手と婚約なんて……どんな性格かもわからないのに……」

たとえ鈴音が女だったとしても、会ってみて気に入らなかったらどうするつもりだったのか。それでも結婚するのだろうか。

「誰がなんと言おうと、私の花嫁はきみだ」

「アレックス……」

耳朶に落とされた言葉に驚き、凛は大きな目を見開く。口角を満足げに上げたアレックスが、凛の腰を抱き寄せた。

「で、でも……っ、……わっ！」

アレックスがどんな心づもりでそんなことを言うのか、わからなくて勢い込めば、馬上でバランスを崩して、鞍から落ちそうになる。

「危ない」

馬上で暴れてはいけないと、アレックスが片腕で凛の身体を抱きとめた。

逞しい腕に包み込まれて、凛が陶然としていると、後ろから頤をとられる。何をされるのか、理解したときには、背後からおおいかぶさるような恰好で、唇を塞《ふさ》がれていた。

「……んっ」

昨日、ダメだと言ったばかりなのに。

「や……め、……っ」

肩を押しのけようにも、無理な体勢すぎて力が入らない。薄い肩を強く抱かれ、より深く唇を合わされて、凛は目を見開く。だがそれも束の間、すぐにとろりと瞳を潤ませる結果となった。

「……んんっ」

広い胸にしっかりと抱き込まれ、苦しい体勢で濃厚な口づけに翻弄される。

馬上で不埒《ふらち》に及ぶ主たちを余所《よそ》に、白馬はのんびりと草を食み、丘陵を渡る心地好い風が凛のやわらかな髪を揺らす。

指先が痺れて力が入らなくなるほどに貪《むさぼ》られて、凛はくたり…とアレックスの胸に痩身をあずけきってしまう。

荒い呼吸に薄い胸を喘《あえ》がせ、ぷっくりと濡れた唇は半開きのままに、とろみを帯びた眼差しで、青い瞳を見上げた。

「ダメ…って、言…った……」

途切れ途切れに訴えても、碧眼は愉快そうに細められるばかり。

「嫌かい?」

そんなふうに訊かれたら応えようがなくて、凛は拗ねたように眉間に皺を寄せて、ふいっ

と顔を背けた。その頬を大きな手があやすように撫でる。

「うまく身体の力が抜けるようになったな」

そんな言葉を落とされて、凛は大きな目をパチクリさせる。言われてみれば、馬上で妙に緊張することなく、ごく自然にバランスをとれている気がする。

まさかそのためにキスをしたわけでもないだろうが……。

お礼なんてするものかっと、凛は背後を振り返らなかった。

自分の手でしっかりと手綱を握って、アレックスの胸に背をあずけたりしないと意地になる。

耳元に、クスリと笑みが落ちた。他愛ないと言われたようで、ますます意地っ張りの虫が疼き、凛は顔を上げられなくなった。

嫌じゃなくたって、そもそも自分は偽物なのだから、どうしようもないじゃないか。

真実を知ったらアレックスはきっと怒るし、そうしたら自分はここを追い出される。二度と、この美しく豊かな土地を踏むことは許されない。

――そんなの……。

嫌だ…と考えたら、胸の片隅がキリリと痛んだ。

ひとを騙そうなんて、考えたのがいけなかったのだ。

鈴音と一緒に、婚約を解消できる正当な方法を考えればよかった。鈴音が不安なら、一緒

によかったのだ。にシチリアについてきてやって、アレックスが許さないと言うのなら、一緒に謝ってやれば
よかったのだ。

なのに、会ったこともない相手との婚約を進めようとする貴族なんてロクなものじゃないと決めつけて、うまく騙して御破算にさせればいいだなんて、軽く考えて……。

なんて身勝手だったのだろうと、後悔したところでいまさら。ここまできたらもう、最後まで演技をつづけるよりほかない。

「リン、見てごらん」

「……え？」

「野兎だ」

アレックスの指の差すほう、草むらがガササッと揺れて、ぴょこり！　と長い耳が現れる。

「わ……可愛いっ」

茶色い毛並みの野兎は、ペットショップで売られている兎に比べてずっと精悍な面立ちだった。

「兎もいるんだ……」と呟くと、「昔は猟場《りょうば》もあったからな」と返される。凛は意地を張っていたことも忘れて、背後を振り仰いだ。

「猟……兎食べるの!?」

可哀想！　と大きな瞳いっぱいに悲愴感を漂わせる凛に多少面食らった顔をして、アレッ

クスは小さく笑った。

「フランス料理ではジビエというが……そんな顔をするな。ここは食物連鎖が機能しているから、狩る必要はない」

ディナーに野兎料理が並ぶようなことはないと言われて、凛はホッと安堵の息をつく。そんな凛に、アレックスは「覚えておくことだ」と言葉を継いだ。

「人間の営みは生命の搾取によって成り立っている。自然を歪めることなく狩猟や農耕を行い、自然の恵みに感謝して口にしさえすれば、何も後ろめたく思うことはない」

アレックスの言葉には、この地の自然とそこから得られる恵みを守ってきた血脈を受け継ぐ者としての深い説得力があった。

「はい」

野兎を食べるのは可哀想で、野菜や果物なら平気、というのは間違っている。植物だって、大地を離れた瞬間に命を奪われているのだから。

日々口にするものから、自然への感謝と畏怖《いふ》を感じ取ることができる。ここはそういう土地だと思った。

澄んだ空気をめいっぱい吸い込んで、凛は吹き抜ける心地好い風に目を細める。

後ろからまわされた腕に軽く力がかかって、広い胸に背中がとんっと当たった。今度は、意地を張らなかった。

「少し風が出てきた。戻ろう」

アレックスが軽く手綱を引くと、白馬はゆっくりと歩みだす。

吹き抜ける心地好い風を楽しみながら、帰りはゆっくりと厩舎までの道のりを辿った。

見慣れた景色が広がりはじめたところで、駆けてくる白黒の影に気づく。

「わふっ！」

ブランカとジーノが迎えに来てくれたのだ。

「ただいま！」

「わんっ！」

大型犬が両脇に陣取っても、馬は驚かない。二匹を仲間と認識しているようだった。

二匹に先導されて厩舎に戻ると、ドナッジオと厩舎番が出迎えてくれた。

先に下りたアレックスが、手を差し伸べてくれる。

アレックスの補助を受けながら、下り方も教わって、地面に足をついたら、無意識にもホッと安堵の息をついていた。

だが、一歩を踏み出そうとして、身体のバランスを崩してしまう。

「わ……っ」

倒れかかった痩身を、アレックスが抱きとめてくれた。

「す、すみません」

「大丈夫か？」

うまく力を抜くことができていたつもりだったけれど、やはり馬上では緊張していたようだ。普段使わない筋肉を使ったためだろう、足がガクガクしている。優雅に見えるが、実は乗馬はダイエットにもいいといわれるほどの、相当な運動量があるのだ。しかも遠乗りに出たから、結構な距離を走った。

そういえば、大学に入ってからは、体育の授業も適当に流していたなぁと反省する。

「平気です。少し休めば……」

言いかけたところで、ふいに視界が変わった。

「……っ！　アレックス⁉」

美しい碧眼が、馬上にいたとき以上に近い距離にある。

アレックスの腕に横抱きに抱え上げられたのだと気づいて、凛は慌てた。ドナッジオも厩舎番も傍にいるのに……。

「ちゃんと掴まっていないと落ちるぞ」

「……っ、はいっ」

驚いて、逞しい首にぎゅっとしがみつく。

行きすぎるスタッフの目などまるで気にする様子もなく、アレックスは凛を抱いたまま館に足を向けた。

ドナッジオの指示だろう、アレックスに抱かれた恰好で凛が部屋へ戻ると、すでに足湯の準備が整えられ、バスタブにもたっぷりの湯が張られていた。

ソファに下ろされ、ホッとしたのも束の間、足元に片膝をついたアレックス手ずからブーツを脱がされて、凛は慌てた。

「え？　ちょ……何……」

凛の細い足首を摑んでソックスを脱がし乗馬服のキュロットを膝まで捲《めく》り上げて、筋肉の張り具合などをたしかめたあと、そっと湯のなかに下ろした。ふわり……とアロマオイルの香りが立つ。湯には見覚えのあるフレッシュハーブの花が浮いていた。

左右ともに湯に浸《つ》かると、不思議なものでホッと全身から強張りが抜ける。「楽になったようだな」とアレックスがタオルで手を拭きながら言うのを聞いて、凛は口を尖らせた。

「館の主人が、することじゃないと思う」

気恥ずかしさのあまり拗ねたように言うと、アレックスは凛の足元に跪いたまま、剝き出しになった白い脚を撫で上げた。

「や……っ」

湯を跳ね上げそうになって、慌てて足を戻す。アレックスの口許に悪戯な笑みが浮かぶのを見て、凛はムッと眉根《まゆね》を寄せた。だが、眦《まなじり》を赤く染めた大きな目で睨んだところで、迫力もなにもあったものではない。

「湯に浸かって疲れをとってから、ゆっくりとディナーにしよう」

筋肉のコリをほぐせば、すぐに普通に歩けるようになるはずだという。

たしかに、湯に浸かった足はさきほどよりずっと軽く感じられ、笑っていた膝もコリがとれて、痛みがやわらいでいる。

足湯もアロマオイルの香るたっぷりの湯の張られたバスタブも、せっかく用意してもらったのだから、充分に堪能してお腹を空かせてから、美味しいディナーをいただけばいい。

そう頭を切り替えて、凛は「ありがとうございます」と頭を下げる。爪先で軽く湯を掬って、足の筋肉がほぐれているのを確認して、タオルに手を伸ばした。——が、アレックスに先を越され、湯から上げた足を丁寧に拭われる。

「ありがとうございます。でも、もう……」

これ以上はかまわなくていいとタオルに手を伸ばすと、アレックスに軽く制され、もう片方の足も丁寧に拭われた。

次いで、またも姫抱きに抱え上げられそうになって、その理由を察し、凛は今度こそ本気で抵抗した。

「い、いいっ、いいですっ、自分で歩くっ」

抱き上げられてバスルームに運ばれたりしたら、有無を言わさず一糸まとわぬ姿に剝かれて、バスタブに沈められそうだ。それだけで済めばいいが、絶対に済まない予感がする。凛がダメだと言ってもまるで取り合わず、のうのうとキスをするような相手なのだ。

「お風呂…は、ひとりでゆっくりと、入りたい……し」

ソファの背に縋るように身を寄せながら、伸ばされる手に精いっぱいの威嚇を向けた。アレックスは少し残念そうに肩を竦めてみせるものの、その目は笑っている。凛の反応を見て楽しんでいるのだ。

「逆上《のぼ》せないように気をつけて」

暴れたときに乱れた凛の髪を軽く梳いて、アレックスは部屋を出ていく。ドアの閉まる音を聞いて、凛はアレックスが触れた髪にそっと手をやった。

「スキンシップ過剰なんだよ、イタリア男ってやつは……」

毒づく声にも力がない。

ソファの上で膝を抱えて、ひとしきりため息をつく。

遠乗りは楽しかったし、アレックスにやさしくされるのも嫌じゃない。

でも、アレックスが凛にやさしいのは、凛を「鈴音」だと思っているからであって、凛にやさしくしてくれているわけではない。

身代わりで来ているのだから、そもそもあたりまえなのだけれど、それを認識させられるたびに、妙に寂しくなる。

どうせ婚約は断るのだし、自分の目的はお墓の修繕費であって、それ以上の何かではないのだから、かまわないではないか。

そう思うのに、やっぱり胸は苦しくて、凛は抱えた膝に顔をうずめた。

早々に目的を果たして帰国しないからいけないのだ。

そうはいっても、アレックスとの距離を縮めなければ目的は果たせないし、そのためにはある程度の時間がかかる。最初から、それは計画のうちだった。

誤算だったのは、凛が思いがけずこの土地ですごす時間を気に入ってしまったことと、アレックスがこの婚約話に想像以上に乗り気なこと、それから、みんなが、やさしいこと。

騙している状況が心苦しいのは、アレックスに対してだけではない。ドナッジオもルカも農園やアグリツーリズモで働く皆も、もちろんブランカとジーノにも。自分はみんなに嘘をついているのだ。

騙されていたと知ったら、皆はなんと言うだろう。

怒るだろうか。悲しむだろうか。きっと酷く罵倒されるだろう。二度と来ることはないのだから、発つ鳥が多少あとを汚したところでかまわないではないかなんて、浅はかな考えでいた自分はなんと愚かだったのか。

騙されたひとが怒るのは当然。でも、騙した方も、こんなにつらいなんて……。

安請け合いした自分がバカなのだから、とにかく鈴音との約束だけ果たして、とっとと帰国しよう。

でもやっぱり、お墓を直すのに必要なお金だけは欲しい。

嘘がバレたら、どうせ嫌われる。

二度と、この土地を訪れることはかなわない。

だったら、当初の予定を決行して、目的を果たして、その上で帰国しなければ、シチリアくんだりまで来た意味がない。どうせ嫌われるなら、目的を果たさないままでは帰れない。

鈴音だって、朗報を待っている。

すると、タイミングがいいのか悪いのか、携帯端末がメールの着信を知らせて鳴った。

表示されているのは鈴音の名。昨夜届いたメールに返信しなかったから、心配しているのだろう。

『凜、大丈夫ですか？　怖い思いしてない？　もし嘘がばれて先方が怒っても、僕がお詫びに行くから気にしないで。無理だと思ったら、帰ってきていいからね』

気遣うメールを、複雑な気持ちで読んだ。

昨夜レスをしていないから、このメールは無視できない。余計に心配させてしまう。

どう返そうかと悩んで、凜はここでも嘘をつきとおすことにした。

『Buona sera!《こんばんは》　鈴音、昨夜はレスできなくてごめんね。遊び疲れて寝ちゃっててさ。今日も乗馬を教えてもらって、遠乗りに出かけたんだよ。景色がすっごく綺麗だった。食べるものは美味しいし、みんなやさしいし、日本に帰りたくなくなっちゃうよ……。ブラッドオレンジの生搾りジュース、めっちゃ美味しかった～！』

嘘ではないが本当でもないことをこれだけ書き連ねながら、アレックスについては言及する勇気がない。何より肝心な問題だと思うのに。

祖父が勝手に決めた許嫁がどんな相手か、鈴音だって知りたいはずだ。会ったこともない相手となんて…と鈴音は言っていたけれど、初対面の相手と恋に落ちる可能性だってないわけではない。

昨夜も同じことを考えて、ぐるぐるして、結局鈴音にメールも返せないままだった。

思考がループしはじめて、それがわかっていても、どうしようもない。

自分は、身代りに立候補するのではなく、もっと建設的な対策方法を提案するべきだったのだ。

アレックスに対してだって、まずは説明すべきだったのだ。

なのに、嘘をついて騙して、都合よく事を運ぼうだなんて……そんな簡単にいくわけがない。

アレックスは、あんなによくしてくれるのに。

キスに込められるのが、単なる揶揄《やゆ》なのか、許嫁への所有欲なのか、それ以上の何がしかの感情なのか、わからないものの、凛がシチリア滞在を楽しんでいるのは事実なのだ。

ドナッジオをはじめ、スタッフたちの見せる細やかな気配りは、常日頃からのアレックスの姿勢がなければ生まれないものだろう。

自分を受け入れてくれた農園や宿泊施設のスタッフたち、ブランカとジーノも、いつかはひとりで乗りこなせるようになりたい白馬も、みんなを騙しているのだと思ったら、たまらない気持ちにさせられた。

『元気そうでよかった。シチリアはとてもいいところのようだね。でも本当に無理はしないで。凛はやさしいから心配です』

返ってきたメールに目を通して、凛は小さく笑った。

鈴音はいつも凛のことをやさしいねと言うのだけれど、そんなわけないと凛は思う。やさしい人間が、ひとを騙そうなんて考えるわけがない。

「サイテーだな、俺」

毒づいて、ようやく重い腰を上げる。

どれだけ考えても、思考はループを脱しない。当然だ。正しい答えなんてひとつしかない。ただそれを、凛が受け入れられないだけのことなのだから。

いつまでもウダウダしているわけにはいかない。すぐにディナーの時間になってしまう。それに、アロマオイルの香る湯にゆっくり浸かれば、少しは気がまぎれるかもしれない。

足湯とは違うオイルとハーブの使われた湯に顎《あご》まで浸かって、凛は逆上せる寸前まで、どうするべきかと考えていた。

自分ひとりの問題なら、正直に話して、謝って、それで終わりにすればいいけれど、鈴音の将来と、三沢《みさわ》家とベルリンゲル家の今後の関係にもかかわってくる問題だから、そういうわけにもいかない。

湯から上がった凛の頭にあったのは、結局、昨夜寝る前に辿り着いたのと同じ、ただひとつの考えだった。

とにかくもう、早くすべてを終わらせて、帰国する。つらいのはすべて自分の浅はかさのせい。日本に帰ってから、いくらでも反省するなり自己嫌悪するなり、したらいい。

とにかく、鈴音のために、婚約解消だけでも取りつけなければ。

そんなことをぐるぐると考えて、ディナーの席ではまるで上の空だった。珍しく食の進みの悪い凛を心配して、アレックスが「口に合わなかったか」と何度か尋ね、そのたび首を横に振って料理をほおばるものの、またすぐに手が止まってしまう。

料理に文句はなかった。いつもどおり美味しかった。アレックスに気遣われるたび胸が痛んで、ますます味がしなくなって、でも気遣われること自体は嬉しいのだ。

嬉しいけれど、でも心苦しくてたまらない。アレックスの青い瞳を見返せない。

いまはどんなにやさしくしてくれても、凛の素性と目的を知ったら、もう二度と微笑みかけてはくれないだろう。

そう思ったら切なくて……。

エトナ山周辺でしかとれないという特別なピスタチオを使った新作ドルチェを、ドルチアーリオが披露してくれる。アレックスの指示に違いない。

とても美味しくて、また申し訳ない気持ちになって、凛は甘いお菓子をほおばった。せめて美味しそうな顔で食べなければ申し訳ない。

「こんなに美味しいピスタチオ、はじめて食べました」

飾りに添えられた大粒のナッツを口にして、感嘆の声を上げる。アレックスは少し安堵の表情で、「それはよかった」と頷いた。

またひとつ、トクリ…と心臓が痛んで、凛は長い睫毛を瞬き、目を伏せる。

自分が鈴音だったら……と、バカバカしい思考が過って、凛は胸中でひとつ、ため息をついた。

一生「リン」と呼ばれつづけるなんて、そんなの耐えられるわけがない。

肩を落として部屋に引っ込む青年の背中を見送って、ドナッジオが心配げに眉尻を下げた。

「ホームシックでしょうか」

シチリアに来て、まだそれほどの日数でもないのですが……と、老執事が怪訝そうに言う。

「いや……」

アレックスは、香り高いカプチーノを口に運びながら、大丈夫だと、孫の心配をするかのように気を揉《も》む老執事を逆に気遣う。

ずいぶん昔に娘夫婦と孫を亡くしているドナッジオにとって、アレックスはもちろんルカやこの屋敷で働く者たちは皆、息子や孫のようなものだが、遠く日本からやってきた幼さの残る青年は、いま現在一番の庇護《ひご》対象なのだろう。

いまだにアレックスのことを坊ちゃまなどと呼び間違えることもあるドナッジオだ。かまう相手がいなくなって寂しかったところへ、ちょうどいい相手がやってきた、といった感じか。

「日本食のシェフを探しましょうか。それとも……」

何か元気づける方法はないだろうかと思案を巡らせるドナッジオに、いま一度「気にするな」と言う。老執事は眼鏡の奥の細い目を瞬いて、それから頷いた。

「さようでございますか」

ではお任せいたしますと、含みのある笑みを寄こす。ドナッジオの人生経験の前では、たしかにまだまだ自分などひよっこだと思わされて、アレックスは小さく自嘲した。

「そうさせてもらおう」

青年が気落ちしている理由なら、察しがついている。

世間ずれした気でいてその実、純真な青年には、荷が勝ちすぎだろう。斜に構えたふりで、なんでもないことにひとつひとつ感動して、全身で喜びを表現する。

ブランカとジーノが初対面で懐いたのもわかる。主というよりは、二匹にとっても青年は庇護対象なのだ。

明日はクルーズに連れ出してもいい。有名なカプリ島だけが青の洞窟ではない。似たような現象が見られる場所はほかにいくつもあって、イオニア海岸にも存在する。

あるいは、昨今世界的に注目されているシチリア独特のチョコレートはどうだろう。そもそも薬としてつくられていたため、素朴で力強い味がする。何より昔ながらの製法が守られているから、安心して食べられる。

島の南端に位置するチョコレートの街までは少し距離があるが、充分に日帰りできる。移動途中で、シラクーサやラグーザといった遺跡の街に立ち寄ってもいい。ノートには別荘もある。

遺跡や景勝地よりは、食べ物のほうが青年の興味を引くだろう。

やはりチョコレートの街を訪れようと決めて、アレックスはドナッジオの意見を聞く。ドナッジオは、「それは良いお考えです」と満足げに頷いて、「ではさっそく手配を」と部屋を出ていった。

ドナッジオが楽しそうにする気持ちもわかる。アグリツーリズモで働くスタッフたちが青年を快く受け入れたわけも……。

自然の恩恵を受けた豊かな土地は、長閑さの半面、新しい風が吹き込みにくい。極東の地からやってきた青年の見せる豊かな感情表現や驚きのひとつひとつが、この土地に暮らす者たちの目に新鮮に映るのだ。

鍵のかかったデスクの引き出しから一通の封筒を取り出す。なかにおさめられているのは報告書の束とデジタルメディアだ。

書類には何枚かの写真も添えられていて、そこには主にふたりの青年が写されている。はじめからふたりを調べたわけではない。片方についての報告書に、もうひとりについての報告が補足されてきたのが最初で、そのあと補足項目に対しても正式に調査を依頼した。

知れば青年は怒るだろうが、この家を守る者として、当然必要な調査だった。だが最初の報告書につけられた補足項目について、のちに正式な調査を依頼したのは、その限りではない。己の欲望ゆえと自覚している。

報告書に添付された写真のなかでは、花を抱えたおとなしげな風貌の青年の隣で、勝気な印象の青年が太陽のような笑みを浮かべている。

最初に届けられた報告書の補足項目には、調査対象との関係と、名前と、簡単なプロフィールが記載されているだけだった。

「凛……」

太陽のような笑みを見せる写真がある一方で、どこか寂しげな表情で写るものも多い。

その理由を知りたいと、思ってしまったのがきっかけだった。

よもや彼がひとりでシチリアにやってくるとは、思いもしなかったが……。

「あんな子どもに……」

自嘲気味に呟いて、アレックスは広げた書類を引き出しに戻す。忘れずに鍵をかけた。

時計を確認して、凛はもう眠っただろうかと考える。そんな自分にいま一度嗤《わら》いを零して、パソコンを立ち上げつつデスクについた。

イタリアが夜中でも、世界経済は動いている。このタイミングでなければ動かない仕事もあるのだ。


朝食後、アグリツーリズモの仕事を手伝う気力もなく、ブランカとジーノに両脇を守られる恰好で芝生に転がっていたら、アレックスが「美味しいチョコレートを食べに行こう」と言いだした。

「チョコレート？」

甘いものが大好きな凛は、条件反射で反応を見せた。

ヨーロッパでチョコレートが有名なのはベルギーで、日本にも多くのブランドが出店しているが、実はイタリアにもチョコレートの有名ブランドがいくつもあるのだ。

高級なイメージのベルギーチョコとは対照的に、可愛らしいパッケージデザインが目を引くイタリアのチョコレートは、さすがはデザインの国と思わされるキュートさだ。

けれど、イタリアでチョコレートが有名なのはたしかトリノであって、シチリアでチョコレートなんて……。

芝生に座り込んだままアレックスを見上げていたら、傍らに跪いたアレックスが手を伸ばしてきて、予告もなく抱き上げられる。

「わ……っ」

両脇で寝そべっていたブランカとジーノが、驚いた顔で小さく吠えた。

「少し長めのドライブだ。ランチは途中の港町で新鮮な魚介を食べよう。チョコレートショップ巡りをして、おやつは美味しいチョコレートジェラートだ」

決定事項だと告げられて、凛は目を見開く。魅力的な誘いではあるものの、その前にこの状況を抜け出したい。

「わ、わかった！　わかったから、下ろして！」

自分で歩くから！　と喚《わめ》いているうちに館のエントランスについていた。そこで見たものに、凛は長い睫毛を瞬く。

メタリックボディのイタリア製高級車。スポーツタイプながらラグジュアリーなイメージの、イタリアを代表するメーカーの最上位モデルだ。

空港に迎えに来てくれたのは、運転手つきのリムジンだった。だがいまエントランスに停められているのは、2ドアクーペだ。

ドナッジオが、助手席のドアを開けて待っている。姫抱きに抱き上げられたまま、車の助手席に乗せられて、ドアが閉められる。ブランカとジーノは、ドアの前でちょこんとお座りをして、首を傾げるように車内の様子を見ている。

ドライバーズシートに乗り込んできたのは、運転手ではなくアレックスだった。

そうしてようやく、アレックスがいつものスリーピーススーツではなく、ノータイのカジュアルスタイルであることの意味に気づいた。

こういう恰好をすると、日頃の貴族然とした風貌とはまるで印象が違って見える。常にまとっている硬質な雰囲気が多少ゆるんで、軟派とまではいわないが、お洒落《しやれ》でスマートな印象だ。そこに、運転するためのアイテムとしてのサングラスが加われば、気恥ずかしいほどにカッコいい。

思わず見惚れてしまって、慌てて視線を外す。

こんな狭い空間で、アレックスとふたりきりだなんて、とても耐えられない。――と思う間に車は走りだしていて、腰を折って見送るドナッジオと、なぜか楽しそうに手を振ってくれるルカの姿は、あっという間に背景に消えていた。

「ど、どこへ行くの？」

「モディカという、チョコレートの街だ」

「モディカ？」

「途中、シラクーサあたりでランチにしよう」

漁港の近くで新鮮な海の幸を使った料理が食べられると聞いて、凛は途端に目を輝かせる。

「今日は、ブランカとジーノにシャンプーしてあげようと思ってたのに」

恥ずかしさを誤魔化すために、そんな予定にもなかったことを言っても、アレックスは「そうか」と愉快そうに返すのみだった。

狭い空間にふたりきりでは間がもたないし、息が詰まってしかたないと思っていたのに、昨夜ぐるぐる考え事をしていてあまり寝られなかった凛は、いつの間にか助手席で船を漕いでいた。

途中でアレックスがそうしてくれたのだろうか、リクライニングされたシートに背を沈ませて、凛はぐっすり。途中、ランチに立ち寄った港町で車が停まるまで、景色も見ずに熟睡してしまった。

気詰まりだと思ったはずだったのに、車が走りだしてみれば心地好いばかり。アレックスの運転がうまいせいもあるだろうが、安心しきって乗っていられて、すっかりくつろいでしまった。

「リン、よく眠っていたね」

「……？　ついたの？」

重い瞼をコシコシやりながら長い睫毛を瞬くと、アレックスがその手を止め、目覚めを促すように瞼にキスを落としてくる。

途端、パチリと目が覚めた。すぐ間近に見下ろす碧眼を見上げて、自分が無防備な状況にあることを自覚する。カッと頬に血が昇って、凜はシートをずり上がるように身体を逃がした。

「こんな場所で襲いはしない。——それとも」

言葉の先に興味をそそられて首を巡らせると、悪戯な色をたたえた碧眼が間近に迫る。

「——期待しているのか？」

吐息が触れるほどの距離で囁かれて、凜は目を瞠った。

「違……っ」

ダメだと言ってもキスしてくるような男など信用できるわけがない！　だから警戒しただけだと、しどろもどろに返す。

そんな凜を置いてけぼりに、アレックスはさっさと車を降りてしまった。助手席にまわり込んで、ドアを開けてくれる。車が停められていたのは、見晴らしのいい高台にあるレストランの駐車場だった。

眺望が素晴らしい。

「すごい……綺麗……」

イオニア海の青が、まるで宝石のように輝いている。地中海の海の色は、やはり日本の海とはまるで違う。

高台から港にかけては、石造りの街並みが美しい景観をつくり、山の急斜面には一面のレモン畑が広がっている。

海岸沿いにはサボテンが群生していて、ところどころに赤い実をつけていた。

吹き抜ける風は心地好く、レンガの積み上げられた塀の上を猫が呑気に歩いていく。地中海の景色と猫はなぜかマッチして、写真集などで日本人にも馴染み深い。

レストランにはすでに予約が入れられていたようで、店に入ると海を一望できるテラス席に案内された。

広めのテラスにはテーブルがひと組しかなく、まるで個室のような感覚で景観を独占できる贅沢さ。

アレックスと向き合っているのもつらいな……と思っていたのだが、いざ食事をはじめてしまえば、アレックスとすごす時間はおだやかで楽しく、凛は豊富な海産物をたっぷりと使った料理を堪能した。

チョコレートの街として知られるモディカまでは、まだ少し。パンパンのお腹を抱えて車に乗り込んだ凛は、また助手席で眠ってしまって、モディカについたところで再度アレックスに起こされる。

今度は、どうにかこうにか接触を逃れた。油断も隙もないと凛が口を尖らせても、アレックスは愉快そうに笑うばかりだ。

最近になって世界的に注目されているというモディカの街には、チョコレートを扱う店がいくつもあって、厳選された材料を使い、すべて店で手作りされている。

シチリアがスペインに占領されていた時代に、マヤ文明の時代から伝わる最古の製法をアステカ人から学んだという。その伝統製法を十六世紀の時代から現代に至るまで、モディカの職人たちは綿々と受け継いでいるのだ。

カカオパウダーを使わず、材料はカカオ豆と砂糖、そしてスパイスのみ。現代の大半のチョコレートに使われている添加物はもちろん、オイルや乳化剤さえ使わず、低温で仕上げるために、ベルギーチョコレートのような滑らかな口溶けとは無縁の、しゃりしゃりとした食感が特徴だ。それゆえに、普通のチョコレートが二十度くらいから溶けはじめるのに対して、モディカのチョコレートは三十五度でも溶けないのだという。

薬として発達したために、お菓子としての美味しさを構成する要素である滑らかさが求められなかったため、そうした特徴が生まれたのだ。

「プレーンのほかに、ピスタチオ、オレンジ、ベルガモット、バニラ、エスプレッソ……さまざまなフレーバーがございます」

アレックスの訪問を聞いて奥から飛び出してきた店主が、直接接客してくれた。

「うわぁ、全部美味しそう！」

「どうぞテイスティングしてください」

山ほどあるフレーバーを、片っ端から味見していく。

「わっ、しゃりしゃりしてる！」

「それがモディカチョコの特徴なんですよ」

はじめは食感に驚いたものの、オイルを使っていないためか食感が軽くて、いくらでも食べられてしまう。

「全部美味しい！」

どのフレーバーも特徴があって、みんな美味しい。しかも店はここだけではないのだ。どう選んでいいのかもわからない。

「リン、苦手な味はあるか？」

「え？　ううん」

ないよ…と答えると、アレックスは頷いて、とんでもないオーダーをした。

「全部包んでくれ」

「……はい？」

セレブの相手は慣れているだろう店主も、さすがに唖然と訊き返す。凛に至っては、呆然と傍らのアレックスを見上げるばかりだ。

「……へ？　……えぇ⁉」

ちょっと待って！　と止めようとすると、「嫌いなものがあるのか？」と、ずれた問いが返される。

「い、いえ、全部美味しかったけど、でも……っ」

ほかのお店で買いたいものもあるかもしれないし……と言うと、「欲しいだけ買えばいい」と、驚くのも通り越して呆れた応え。

「そ、そそそ、そうですよねっ」

頬を引き攣らせながらも、店主が全種類のチョコレートをラッピングしはじめる。

「お館にお届けいたしましょうか？」と尋ねるのに、チラリと凛を見て、「車に運んでくれ」と返した。凛がすぐに食べたがるかもしれないと思ったのだろう。

さらに二軒のショップで、まさしく同じやりとりを繰り返して、大量のチョコレートを買い込む。

「こんなに……」

これだけあれば、日本に帰るときの土産にも困らないし、アグリツーリズモのスタッフのみんなにも分けられるけれど……。

「いらなければ皆に配ればいい」

絶句する凛の頭を撫でながら、アレックスが軽く言う。凛はただ「ありがとうございます」と頭を下げるしかできない。

四軒目に足を向けたのは、カフェ併設のチョコレートショップだった。

チョコレートフレーバーのお菓子もいっぱいあって目移りしたが、イタリアといったらやはりジェラートだろう。

店主のおススメをオーダーしたら、オレンジとレモンとピスタチオのフレーバーをつけられたチョコレートジェラートの盛られた大きなボウルが登場した。

ベースがチョコレートだから見た目はあまり変わらないが、三種類ともフレーバーがしっかりとしていて、食べてみると全然違う。

「美味しい〜！」

満面の笑みで感動を表すと、商品の説明をしてくれた店主は嬉しそうに頷いて、下がっていった。

「気に入ったか？」

「はい！　来てよかったです！」

チョコレートの街ってどんなだろうかと思ったけれど、谷底につくられた世界遺産の街は美しく、美味しいチョコレートを食べながら歩くだけでも贅沢な気分になる。

「楽しめたのならよかった」

凛が楽しくすごせたのなら遠出した甲斐《かい》もあると、エスプレッソカップを傾けながらアレックスが言う。

そう言うアレックスは、チョコレートの味見もそこそこ、チョコレートフレーバーのスイーツもジェラートも口にしていない。

「食べませんか?」

自分の食べかけで失礼かもしれないけれど……と思いながら、皿を差し出す。「全部ひとりで食べればいい」とそれを辞退するアレックスに、凛はスプーンで掬ったジェラートを差し出した。

アレックスが驚いた顔で目を見開く。

やったあとで、自分が恥ずかしいことをしたと気づき、凛も目を瞠った。だが、一度差し出した手をすぐには引っ込められない。

凛が手を引っ込める前に、アレックスが手首を摑んだ。凛が握ったままスプーンごと、レモンフレーバーのチョコレートジェラートを口に運ぶ。

「ああ……たしかにいい味だ」

アグリツーリズモのレストランでも出すといいかもしれないと頷く。凛は真っ赤になって、慌てて手を引っ込めた。

騙している後ろめたさはたしかにあるのに、それをついつい忘れて……いや、思い出さないように胸の奥底に押し込めて、アレックスとすごす時間を楽しんでしまう。

ふとした拍子に、自分にはその資格がないことを思い出して、胸に痛みを感じる。シチリア観光を楽しんでいる場合ではないのだと思い直しても、でもダメだった。

——早くなんとかしないと……。

このままでは、シチリアにもいられないし、かといって日本にも帰れなくなる。

——とっととケリつけたほうがいい。じゃないと、俺……。

美味しいジェラートを満足げに口に運ぶ一方で、今日もまた胸中でぐるぐると想いを巡らせながら、凜は向かいの席のアレックスをうかがった。

「どうした？」

お腹が冷えたなら、何か温かいものをオーダーしようかと気遣われて、凜は首を横に振った。

「俺といて、楽しい？」

許嫁といっても、子どもで、しかも男で、話し相手として楽しいとは思えない。

アレックスのほうから、婚約解消を言いだしてくれれば、それが一番簡単な話なのに、その気配もない。

「なぜそんなことを訊く?」

「だって、俺、男だし……」

「その話は終わったと思っていたが」

「でも……っ」

どっちでもいいではないか。どうせ本当に婚約するわけではないのだし、そもそも自分は鈴音ではないのだから。身の内からそんな声が聞こえる一方で、訊かずにいられない自分がいる。

「リン」

「……? 何……」

呼ばれて顔を上げた凛は、アレックスの視線の先を追って、ゆるり…と目を見開いた。

「わ……」

ずいぶんとのんびり時間をすごしてしまったらしい、気づけばすっかり夕暮れ。山並みの向こうに太陽が沈んでいく光景が、大パノラマで広がっていた。

「この景色を、きみに見せたかった」

「アレックス……」

ドクリと心臓がひとつ高く鳴って、凛はドクドクと煩《うるさ》い心臓をぎゅっと手で押さえる。

——婚約解消させて、それから慰謝料!

ドキドキしている場合じゃない！　と、胸中でもはや呪文のように繰り返しながら、凛は美しい夕陽に見入った。

自分が鈴音だったら、婚約解消などしないのに……と考える、己の思考を、もはや否定することができなくなっていた。

チョコレートショップ巡りと、そのあとカフェでまったりして時間を食ってしまったために、ディナーはシラクーサのホテルでとることにした。

海を一望できる高台に建つ白い建物はいかにも地中海風だが、観光客の騒がしさとは無縁の雰囲気。広い敷地は緑にあふれ、ベルリンゲルの館を彷彿《ほうふつ》とさせる。

支配人に出迎えられて、先の印象の理由が知れた。なんのことはない、アレックスが経営するホテルのひとつだったのだ。

元は別荘で、ほとんど使われなくなっていたため改装して、知るひとぞ知る隠れ家ホテルとしてオープンさせたのだという。

ホテルのメインダイニングで近郊の海と山の幸を使った料理を堪能し、その席で、凛はいつも遠慮しているワインに、手を出してしまった。ベルリンゲルの館でもハウスワインが提供されているけれど、興味はあるものの、これまでずっと断っていた。

けれどこの夜は、どうしてもアルコールに頼りたい気持ちになったのだ。赤白どちらもベルリンゲルの農園でとれた葡萄《ぶどう》を使ったハウスワインで、想像以上に美味しくて、するすると喉を通っていく。

はじめは微笑ましく見ていたアレックスも、さすがに途中で「呑みすぎだ」と止めに入り、そしたら逆に意地になって、「大丈夫ですっ」と、グラスにたっぷり注いだワインをがぶ呑みする始末。

「ワイン、美味しい～」

「いいかげんにしなさい」

「やだっ、もっと呑む！」

アルコールに耐性のない凛ががぶ呑みすれば、どんなに質のいいワインだろうと悪酔いして当然だ。

性質《たち》の悪い酔っ払いと化したあと、グラスを抱えたままウトウトしはじめた凛を、アレックスが根気よく介抱《かいほう》してくれる。

だがこのとき、見た目ほど凛は酔っぱらっていなかった。酔ってはいるものの、自分の状況をちゃんと理解していた。

理解した上で、チャンスは今晩しかない、と考えていた。

ここはベルリンゲルの館ではない。いくらアレックスがオーナーとはいえ、何があろうとアレックスの味方をするだろう、ドナッジオのような存在のない場所だ。つまりは、第三者の目がある場所。

こういう場所のほうが、脅し文句は効くはずだ。

何よりもう、自分自身が限界だった。だから、酔った勢いのままに、今晩決行してしまおうと考えた。

「お部屋までお連れいたしましょうか?」

スタッフの気遣う声が聞こえる。だがもう、瞼が重い。

「いや、いい。私が運ぼう」

アレックスの声がそれに返して、やがてふわり……と身体が浮いた。力強い腕がアレックスのものであることは、もうわかる。

用意された部屋のベッドは天蓋付きで、広くて、ふかふかだった。

そこへ横たえられ、額に冷たいおしぼりがあてがわれる。

ベッドサイドのテーブルの上では、ガラスのピッチャーの中で水に浮いた氷がカランッと音を立てている。

携帯端末はポケットのなかにあるし、廊下に通じるドアもわかっている。

証拠写真を撮って、あとはドアへダッシュして、ホテルのスタッフに助けを求めれば終わり、だ。

そういう場面で、ひとは無防備になるものだろうし、自分はすばしっこいから、逃げられないなんてことはないだろう。

アレックスは、家名のためにも、事態を穏便におさめようとするだろう。そのときに、婚約解消と慰謝料の話を持ち出せばいい。

アレックスが、婚約者が男でもかまわないと思っていることは再三確認した。どうにかして向こうから襲ってもらわなくては。

「大丈夫か?」

凛の計画など知らないアレックスは、よく冷えたおしぼりを取り替えてくれながら、熱くなった頬を撫で、気持ち悪くはないかと気遣ってくれる。

「う……ん」

気持ち悪くはない。身体が少しふわふわしているだけだ。いまならなんだってできそうな気がする。

「今日に限ってずいぶん呑んだな」

「……美味しかった、から……」

あんなに美味しいのなら、ベルリンゲルの館にいる間にもっと呑んでおけばよかった。ハウスワインは、ほかでは絶対に呑めないのに。

「お水……飲みたい」

アルコールの影響か、喉が渇《かわ》いてしかたない。

アレックスの袖口を引っ張ると、小さな子どもをあやすようにその手を制して、傍らのガラスのピッチャーに手を伸ばす。

カランッと、また水が涼しげな音を立てた。グラスに水が注がれると、浮かべられたレモンのスライスとフレッシュハーブが香り立つ。

凛の背をそっと起こしてグラスを握らせようとしてくれるのを、凛はぐずるふりで邪魔した。

経験値ほぼゼロの凛でも思いつく単純な作戦だ。

凛が水を飲まなければ、アレックスはきっと口移しで飲ませてくれようとするだろう、そのチャンスを逃す手はない。

――でも、それだと、キスされちゃう?

寸前を押さえられればいいのだから、キスを許す必要はないのだけれど……でも、キスはもうしちゃってるから、いいか……。

どんどん考えがまとまらなくなっていることに気づけないまま、凛は「お水」と訴える。

多少困った顔をしたアレックスは、次いで凛が予測したとおりの行動をとった。

グラスの水を自ら含み、凛におおいかぶさってきたのだ。

凛の首を支えて飲みやすい角度をとらせ、口移しで水を注ぎ込んでくれようとする。唇が触れる寸前、いま突き飛ばすべきかと考えたけれど、もう三度目になるのに大騒ぎもできないと考えて、ぐっとこらえた。

水を飲むだけ……と思っていたが、それは大きな間違いだった。

アレックスの唇が触れた途端、全身に痺れが走って、四肢の力が抜けてしまったのだ。右手はポケットのなかの携帯端末に触れているのに、それを操作することもできない。

「……んっ」

冷たいものが、喉を通りすぎていく。一瞬冷えた口腔内を、アレックスの舌が悪戯に刺激していく。ゾクリ…と、首筋が震えた。

水を飲み終わってから……と、凛は力の抜けていく手で、携帯端末を握り直す。軽く凛の唇を啄んで、アレックスの唇が離れる。

「もっと……」

足りないと縋ったのは、無意識だった。言ったあとで、自分でも驚いて、思わず目を瞠ったものの、間近に見下ろす碧眼とぶつかって、慌てて伏せる。

また首裏を支えられ、唇が合わされる。冷たい水が喉を通りすぎて、凛の舌先にアレックスのそれが触れる。けれど、それ以上の不埒を働くわけでもなく、唇は離れた。

アレックスが身体を離そうとするのと、袖口を摑んで引きとめ、「俺でいいの？」と、唐突に訊いた。

「リン?」

「俺、男だから、おっぱいないし、それでもいいの?」

誘ったわけではない。訊いただけだ。あとからそう言い訳が立つ、尋ね方をしたつもりだった。

「きみこそが私の花嫁だと、何度も言ったはずだ」

「でも……」

言い募ろうとすると、不意打ちのキス。

唇を触れ合わせるだけのそれにも、凛は過剰に反応してしまう。驚きに目を瞠り、長い睫毛をパチクリさせた。

「証明してみせようか?」

アレックスの声音が、甘さを帯びる。

「……え?」

言葉の意味を問うように凛が瞳を上げると、今度は瞼に落とされるキス。

いよいよか……⁉ と、凛はポケットのなかで携帯端末を操作し、どうにかこうにか写真が撮れる状態にする。

こういう場合には普通のカメラのほうが使いやすかったと、思い直したが、それではいかにも狙っていたように見えるから、あとから突っ込まれても困る。

やはり電話にもメールにも使える携帯端末がベストだ。多少操作がしづらいけれど、そこは日頃の指感覚を信じるしかない。

「リン……」

「……んんっ！」

いきなり深く唇を奪われて、凛は痩身を跳ね上げた。けれど、上から軽く押さえ込まれ、アレックスの腕に囚われる。

傍若無人な舌が凛の弱い場所を刺激し、奥へ逃げようとする舌を搦《から》め捕《と》って、強く吸った。

全身を痺れが襲い、思考がぼやけはじめる。

「ん……ぁっ」

角度を変えて何度も合わされ、荒い呼吸に上下する薄い胸に、大きな手が這わされる。シャツがはだけられ、素肌をなぞられた。

いまだ。いましかない。

これ以上進んだら、なんかヤバいことになる気がする。

ポケットから携帯端末を取り出し、角度を合わせて写真を撮ろうとして、しかし思った以上に四肢の力が奪われていた。

凛の手から、携帯端末が零れ落ちる。

——しまった……っ。

慌てた凛が手を伸ばすより早く、アレックスがカメラアプリの立ち上がったままのそれを取り上げた。

「なるほど」という呟きに、全部バレたのかと思い、凛は目を見開く。だがアレックスの納得は、まったく別方向のものだった。

「そういう趣味があるのか？」

なぜか愉快げに言って、凛にカメラを向けてくる。そして、シャッターを切った。

「……え？」

凛は長い睫毛を瞬いて、その意味を問う。

「いい絵が撮れた。とても可愛く写っているよ」

そう言って、撮った写真を表示させたディスプレイを、凛の眼前に向ける。そこには、キスだけで蕩《とろ》かされ、艶っぽい表情でこちらをうかがう凛の、胸元をはだけた厭《いや》らしい姿が映し出されていた。

——……っ⁉　うそ……。

自分がこんな顔をしていたなんて、まったく自覚がなくて、凛は驚く。もっと普通だと思っていたのに……こんな表情をしていたら、合意ではないなんて、言えないのではないか。

慌てて身体を起こそうとして、できなかった。

携帯端末を、ベッド脇のチェストに放り出したアレックスが、再び凛に手を伸ばしてきたのだ。

「や……っ、……んんっ！」

抵抗の声は口づけに奪われ、今度はねっとりと濃密なキスに襲われる。瞬く間に思考は散漫になり、凛はアレックスの広い胸に縋る恰好になった。

口づけに蕩かされながら、暴かれた胸元をいじられる。

ツンと尖った胸の飾りを捏ねられ、そこからジクジクとした疼きが全身に広がって、やがて腰の奥が重くなる。

シーツを爪先で掻いて、逃れようともがいても、腰をくねらせて誘っているようにしか見えない。

次に口づけが解かれたときには、凛の身体からはすっかり抵抗の力は抜け落ちて、それどころかアレックスの腕にひしと縋って、救いを求めていた。

身体が熱くてたまらない。

身体の奥が疼くのに、どうしていいかわからないのだ。

凛の痩身に愛撫の手を降らしながら、アレックスは求めるままにキスを返してくれる。

陶然としている間に着衣を乱され、シャツ一枚がかろうじて腕に引っかかっているだけの恰好に剝かれて、白い腿《もも》を開かれる。

「あ……んっ」

大きな手に兆《きざ》しはじめた欲望を握られて、甘ったるい吐息が喉を震わせた。

「あ……ぁっ、ダメ……っ」

自己制御できない快楽の波が、凛の理性を押しやり、肉欲の甘さを教える。

凛自身に指を絡めながら、アレックスは白い胸の中心で尖る胸の飾りを舌に捕らえ、舐《ねぶ》り、吸った。

「や……っ、痛……っ」

だが瞬間的な痛みも、すぐに疼きに変わって、凛は半ばパニックのなか、それでも懸命に快楽を追う。

胸をいじっていたアレックスの唇が、腹に落ち、臍《へそ》を舐め、下腹部に辿りついて、膝を大きく割られたと思った瞬間には、しとどに蜜を零す欲望が囚われていた。

「ひ……ぁっ、あ……っ」

はじめて経験する口淫は強烈な快楽をもたらし、凛はアレックスの唇に翻弄される。

「ふ……ぁっ、あぁ…んっ！」

敏感な場所を舌先に抉《えぐ》られ、根本まで吸われて、自慰では得られない快感が、凛のなかで膨《ふく》れ上がっていく。

「ダ…メ、も……出ちゃ……」

アレックスの髪を引っ張って訴えても許されない。それどころか、より強く吸われて、凛の思考が白く染まった。

「あぁ……っ！」

激しく追い上げられ、アレックスの口に吐き出してしまう。

余韻《よいん》に震える肢体をシーツにぐったりと沈ませて、凛は荒い呼吸に胸を喘がせた。

薄ぼんやりとした視界に焦点を合わせる。アレックスが口を拭うのが見えて、カッと思考が焼きついた。

「……っ」

逃げるように背を向けると、背後からクスリと零れる笑み。

「凛」

——……え？

いま、ちゃんと名前を呼ばれたような気がして、顔を向けると、額に落とされるキス。

身体のラインをなぞるように這わされる手の動きに、腰の奥にくすぶる熱が焚《た》きつけられ、凛はもぞり…と腰を揺らした。

アレックスの手がそれを捕らえて、「元気だな」と揶揄が落とされる。

いまさっき頂《いただき》を見たばかりだというのに、凛のそこはまた反応を見せて、先端から蜜を零しはじめているのだ。

「や……だっ、放し…て」

アレックスの手を払いのけようとすると、先端を爪先にぐりっと抉られて、「ひ……っ」と悲鳴があふれる。

「や……ぁっ、あ……んっ」

気持ちいい……と、掠れた声が無意識に零れた。先の強い快楽を肉体が覚えている。もっと気持ち好くしてほしいと訴えている。

さらに大きく膝が割られて、今度は深く捕らえるのではなく、あやすように、焦らすように、凛自身へ降らされるキス。

その隙に、アレックスの長い指が後孔に伸びて、凛はビクリと背を震わせた。けれど、内腿を強く吸われ、含まされた指先に浅い場所を掻きまわされて、いいようのない快楽だけが肉体を支配する。

熱いものが入り口を舐って、舌を這わされたのだと気づく。激しい羞恥に襲われて、大きな瞳を涙に潤ませるものの、その眼差しには無自覚の媚《こ》びが滲《にじ》み、アレックスの口許を綻ばせるばかりだ。

舌と指に後孔を暴かれて、凛ははじめて知る喜悦に啜《すす》り啼《な》く。

「は……ぁっ、ん…ふっ、……ひっ！」

内部を長い指に探られ、感じる場所を擦られて、細い腰が跳ねた。凛自身をあやす一方で、入り口を舐り、浅い場所に舌を差し込まれ、抉られる。

「ひ……っ、あ……ぁっ、……あぁっ！」

もはや何も考えられないまま、快楽の虜《とりこ》になって、凛は甘ったるい声を上げた。

ただひたすら気持ち好くて、あふれる声が止まらない。もっともっと気持ち好くしてほしくて、もっといけないことを教えてほしくて、厭らしい言葉でねだってしまう。

「も…っと、奥……」

指でも舌でも届かない深い場所が、ジクジクと疼くのだ。

その場所を、激しく突いて擦ってほしくてたまらない本能的な欲望が湧き上がって、止められない。

「アレ…ックス、も…っと……」

艶やかなブルネットに指を差し入れて掻《か》き混ぜる。凛自身の先端に軽くキスをして、アレックスが上体を起こした。

乱される襟元、逞しい肉体が垣間見えて、凛の胸がドクリと高鳴る。

いつもストイックにスーツを身につけている彼だからこそ、乱れた姿がより艶めいて見えた。

細腰を抱えられ、膝が胸につくほどに太腿を開かれる。

その中心に熱く硬いものが押しあてられて、凛は興味をそそられるまま、視線を落とした。

凛を犯そうとする、凶器があった。

「あ……」

突然、本能的な恐怖に駆られて、熱が引く。だが、逃げる間はなかった。

「ひ……っ！」

ほぐされてドロドロにされた場所を、猛々しい剛直が一気に貫く。

「ひ……ぁっ、あぁ……っ！」

跳ねる痩身を押さえつけ、最奥まで捻《ね》じ込まれた灼熱の杭が、凛の腹を突き破りそうなほどに脈打っていた。

「あ……ぁ……」

ビクビクと跳ねる細腰を摑む手の感触、埋め込まれた剛直がゆるり…と蠢《うごめ》かされ、そこからビリビリと痺れるような感覚が生まれる。

自身の内部がうねるのがわかった。歓喜に戦慄《わなな》く肉体が、衝撃以上に快楽を呼び込もうとしている。

助けて……と腕を伸ばすと、首にしがみつくよう促された。

「凛」

甘く呼ぶ声とともに、唇に落とされる淡いキス。もっと…とねだると、今度は深く合わされる。

キスと愛撫にあやされて、意識が一瞬逸《そ》れたタイミングで、馴染むのを待っていた欲望が、ズンッと最奥を突いた。

「ひ……っ！」

広い背にひしとしがみついて、爪を立てる。

はじめは探るように、やがて激しさを増していく抽挿《ちゅうそう》。内臓を突き破られそうな恐怖を覚えるほどに激しく突かれて、凛は下肢を逞しい腰に絡め、揺さぶりに応える。若い肉体は快楽への溺《おぼ》れ方を早々に探しあてて、淫らに応えてみせる。

突く動きに合わせて無意識にも腰を揺らす。甘ったるい声を上げて歓喜を示し、もっと激しくとねだるように背に爪を食い込ませる。

「は……ぁっ！　あ……んっ、い……っ」

もはや自分が何を口走っているのかもわからぬままに、凛は喘ぎ、身悶《みもだ》えた。

緩急をつけた抽挿が、感じる場所を突き、抉り、掻きまわす。

快楽にくねる痩身を押さえ込み、征服し尽くす力強さに、凛は肉体を蕩けさせ、溺れた。

激しい熱が全身を支配して、制御できなくなる。濁流《だくりゅう》のような熱に追い立てられて、凛は頭《かぶり》を振って悶える。

「や……どうし…よ、くる……っ、イ…ちゃ……うっ」

深すぎる快楽に堕とされ、恐怖に駆られて痩身が跳ねる。それをねじ伏せられ、さらに深

くに剛直を突きつけられた。

「――……っ！」

あふれる嬌声《きょうせい》と、腹に散る白濁、次いで最奥ではじける熱。

「ふ……んっ、あぁ……っ」

余韻に震える痩身を広い胸に抱き込んで、あやすように背を撫でられる。アレックスの情欲を搾り尽くすかのように、凛の内部が戦慄いた。

「は……ぁっ、……んっ」

啄むようなキスが降る。

力の入らない腕を伸ばしてぎゅっと縋ると、大丈夫だというように抱きしめられた。

「いい子だ」

怖がることはないと、己の肉体の反応に戸惑う凛を宥める、甘い囁き。

「どうし…て……」

どうしてまだ身体の奥が疼くのか。腰が勝手に揺れはじめて、恥ずかしい以上に怖いのだ。

どうしたら、この焦燥感を消せるのか、わからない。

「ん……ぁっ」

対面で抱きしめられた恰好で、下から穿《うが》つ欲望が蠢かされる。

「好きなだけ、貪ればいい。欲しいだけ、与えてやる」

何もかも、凛が満たされるまで与えてやると、甘いキスが囁く。凛は懸命にキスに応えながら、襲い来る喜悦に抗わず、腰を揺らした。

ふいに身体が投げ出され、シーツに伏す恰好で腰を掴まれる。

「アレ…ックス？　……あぁっ！」

どうしたのかと問う間もなく、後ろから貫かれて、上体をシーツに沈ませた。

「あぁ……っ！　あ……んっ、……んんっ！」

後背位で揺さぶられ、先とは違う角度で深く抉られて、凛はより一層激しい声を上げて啼いた。

「あ……ぁあっ、いい……っ、気持ち…い……っ」

我を忘れて快楽を享受し、求められるままに乱れてみせる。

「い…い……っ、……っ！」

二度目もあっという間に追い上げられて、凛はシーツを手繰《たぐ》り寄せ、大きな枕に荒い呼吸をうずめた。

だが、凛の深い場所で、アレックス自身はまだ力強く脈打っている。

一度離れて身体を仰向けられ、片脚を担がれる。喪失感を訴えていた場所に、再び深く埋め込まれて、凛は甘ったるい声を上げた。

もはや体力は限界だったけれど、でも欲望は肉体を支配しつづけて、果てが見えない。揺さぶられるままに甘い声を上げて、凛はただひたすらアレックスにぎゅうっとしがみついていた。

「ぎゅって、して……」

それは無意識に零れ落ちた懇願だった。

「凛……」

アレックスは少し驚いた顔をして、けれど広い胸に凛を抱きしめてくれる。

「ずっと、こうして…て……」

安堵に襲われて、凛は急速に意識を遠のかせた。

アレックスの腕に抱かれて、安堵のままにぐっすりと眠った。

自分が目的を果たせないまま美味しくいただかれてしまったこととか、逆に自分のほうの立場が悪くなってしまったこととか、翌朝目を覚ましたあと、アレックスの腕に抱き上げられてバスタブに運ばれ、たっぷりと張られた湯の中で意識を覚醒させられるまで、完全に頭になかった。

はじめてなのに意識を飛ばすほど激しく抱かれて、疲れきっていた凛は、帰りの車中もずっと寝ていて、何も考えることができなかった。

頭にあったのはただひとつ、嫌じゃなかった、という事実だけ。

キスもセックスも、嫌じゃなかった。それどころか、気持ち好くて、もっとしてほしいと思ってしまったほど。

アレックスの腕枕は寝心地が好くて、あの温かさに慣れてしまったら、自分はダメになるような気がする。

——どうしよう……。

館に帰りついた夜、自室でひとりで眠りたいと言うと、アレックスは凛の自由にさせてくれた。安堵したものの、少しの寂しさは否めなかった。

——こんなんじゃ、ダメだよっ。

重い身体を引きずってベッドにもぐり込んで、凛は自己嫌悪に陥った。

騙すつもりが心を奪われて、慰《なぐさ》みに手を出しただけだろう相手を、心の内ではすっかり許してしまっている。

婚前交渉なんてありえないと言ったところで、アレックスの手管に流されて、あんなに応えてしまったあとでは、通じるはずもない。

かといって、このままここにいつづけるわけにはいかないし、何もかも奪われて日本に逃げ帰るのも悔しい。

そう、凛は、悔しかった。

すっかりアレックスに心を奪われていた事実を突きつけられて、なんで自分ばっかり……と思ったら、悔しくて悔しくてたまらなかった。

真実を知ったら、アレックスは怒って、きっと自分を追い出すだろう。婚約は解消されるかもしれないけれど、でもじゃあ自分は？　この気持ちはどうしたらいい？

「バカだ、俺……」

いまさらのように毒づいて、ブランケットを頭からかぶる。

そして、いま一度決意を固めた。

「絶対に慰謝料ふんだくってやるっ」

この身体を好き勝手したぶんに、心を弄《もてあそ》ばれたぶんも上乗せして、もらうものをもらったら、さっさと日本に帰るんだ。

さっさと帰らないと、帰れなくなる。泣いて縋ってでも、傍にいたいと言ってしまいそうになる。そんなのは悔しい。

脅迫できなくなる前に、事を終わらせよう。

いますぐにでも……と思う間に、しかし疲れきっていた凛は、眠りに落ちてしまった。

やっぱり、アレックスのベッドで一緒に寝たいと、言えばよかった。深い眠りに囚われる寸前、考えたのはそんなことだった。

4

朝食は、寝たふりでやりすごした。

呑気に向き合って食事などしてしまったら、もはや脅迫なんかできそうになかったから。

部屋に乗り込んで、そこから先どう話を持っていけばいいのか。

ひとまず荷物をまとめて、「出ていきます」からはじめて、それから……。

ドナッジオの目を盗んで、アレックスの執務室の前でタイミングをはかっていたら、廊下の向こうからひとの気配がして、凛《りん》は慌てて物陰に身を隠した。

ドナッジオが案内してきたのは、赤みを帯びた長い髪をした長身の女性だった。ブランドもののスーツにピンヒール、小さめのショルダーバッグを肩にかけている。

ドナッジオがアレックスの執務室のドアを開ける前から、「アレックス！　お邪魔するわ！」と声をかける。

イタリア人に見えるのに、イタリア語ではなく英語なのは、ビジネスにおいて、英語を使う場面のほうが多いためだろう。そんな印象だった。そして、かなり親しい相手のように思えた。

「煩いぞ」と、室内から返る声には、強い呆れ。

「あら、お言葉ね。あなたの大事なフィアンセのこと、放っておいていいの？」

強い口調でそう返して、ドナッジオがドアを開けるや否や、室内に足を踏み入れる。

――フィアンセ？

どういうこと？ と凛が目を見開いている前で、ドアが閉まる。ドナッジオが立ち去るのを確認して、ドアの前に駆け寄る。耳を欹《そばだ》てるまでもなく、女性の高い声は廊下に筒抜けだった。

「可愛い子に夢中だからって、本来の許嫁をないがしろにしていいの？ 迎えにも行かないで」

「依頼した報告を、きさまが握り潰したからだろう」

「あら、だって、この目で見たかったんですもの。そのかわり、こうして知らせに来てあげたじゃないの」

話の流れはよく見えないが、アレックスに本来の許嫁が存在する、という話のようだ。

――本当の許嫁？

じゃあ、鈴音《すずね》は？ あんなバカなことまでした自分はいったいなんだったのか……。

「許嫁は家同士の問題よ。大切になさいな」

「言われなくてもわかっている」

「ふふ……困った顔も素敵だわ、アレックス。あなたを苛められるチャンスなんて、そうそうないものね。──で、その可愛い子ちゃんはどこ？　昨日はわざわざモディカまで足を伸ばしたって聞いたけど」

アレックスが長嘆を零す気配。

「昨夜はシラクーサのホテルに寄ってきたんですってね。ふふん……そういうこと？　──犯罪者！」

「……きさま」

ふたりのやりとりはほとんど理解できなかったけれど、凛の思考を埋め尽くしていたのは、たったひとつだった。

──本当の許嫁……このひとが……？

やっぱり、男の許嫁なんて、冗談でしかなかったのだ。

華道の家元である三沢《みさわ》家との関係も、貴族の血脈を汲む家柄にとっては、たいした問題ではなかったのか。その女性は、ベルリンゲル家にとって、鈴音以上に重要な肩書きを持っているというのか。

「……った、のに……っ」

何度も確認した凛に、「私の花嫁はきみだけだ」と、そう言ったのに。そう言って、口づけたくせに……！

その言葉を信じて、嘘をついて騙そうとしている自分はいったい何さまなのかと、あんなに悩んだのに！　それすらも、無意味だったというのか⁉

「……ち…くしょ……っ」

自分のことは、まだ目を瞑《つむ》ってもいい。でも鈴音を愚弄したことは、許せない。鈴音は、本当に悩んでいたのだ。どうしようと、青い顔で凛に助けを求めてきた。いまだってきっと、凛からの報告を待って、不安な日々をすごしているだろうに。

「ふ……ざけ、ん…な……っ」

カッと頭に血が昇って、気づいたときにはノックもせずにドアを開け放っていた。

「アレックス！」

凛の怒気に、驚いたアレックスが碧眼を見開き、振り返った女性が「あら？」と緑眼を瞬かせる。

「騙してたのか」

低い声で、精いっぱいの威嚇を放つ。

「凛？」

アレックスは、凛の怒気の意味を理解できない顔で、怪訝そうな眼差しを向けた。

「なんだよ、本当の許嫁って。じゃあ、鈴音はなんなんだよっ！」

激情に任せて怒鳴ると、ようやく意味を察した顔で目を見開く。だがすぐに、いつもの冷静な表情を取り戻してしまった。つまりは、アレックスのなかで、その程度の問題でしかない、ということだ。

「俺は……俺は……なんなんだよっ！」

やさしくしてくれたのはすべて演技だったのか。あのキスは？　単なる遊びだったのか？

「凛、落ちつけ」

伸ばされた手を叩き落として、凛はキッと長身を見上げた。

「払ってもらうからな！　慰謝料！」

もうどうにも気持ちが収まらなくて、すでにどうでもよくなっている問題を持ち出す。アレックスを困らせることができれば、もはやなんでもよかった。

するとアレックスは、眉間に深い皺を寄せて、碧眼を眇める。

「それは脅しかな？」

低く静かな声が紡ぐ確認の言葉が、凛の肌をゾワリ…と粟立《あわだ》たせた。

「そ、そっちが悪いんだろ！」

自分が鈴音の身代わりであることなど棚上げで、凛は叫ぶ。

本物の婚約者がいるくせに、わざわざ日本まで航空券を送りつけるなんて酔狂をやらかして、遊んでいたのではないか。

「婚約は？」

どうする？　と訊かれて、「解消するに決まってんだろ！」と怒鳴り返した。慰謝料云々《うんぬん》という話をしているのに、婚約も何もあったものか。

アレックスは、じっと凛を見やって、ひとつため息をつく。面倒くさいと、言われたような気がした。

「いくら欲しい？」

淡々と訊かれて、思わずつっかえる。

「……え？　えっと……三十万……だから、ユーロだと……えっと……」

今日のレートいくらだ？　一ユーロが一二〇円ちょっとくらいだっけ？　一三〇円？　って
ことは……。

パニックになるあまり、しどろもどろになっていたら、アレックスは口角を上げて、意地
の悪い笑みを浮かべた。

「きみの慰謝料はずいぶんと安いのだな」

「な……っ!?」

揶揄の言葉を聞いて、はじかれたように顔を上げていた。

あんなにやさしく激しく、凛を抱いた男の面影は、いまはどこにもない。凛以上に、怒っ
ているように見える。

「だったら、その百倍も出せば、きみのすべてを買い取れるな」

「な……っ、俺はそんなにお安くない！」

侮辱するにもほどがある。

そもそもひとの価値を金銭ではかれるわけがない。百億積まれたって、気に食わない相手にこの身を売ったりするものか。

すると今度は、どこか苦しげに、口調を強めてきた。苦く吐き捨てるように言う。

「なるほど、三十万はひと晩の値段、というわけか」

「違……っ」

そんなつもりで抱かれたわけじゃない。

騙そうと、慰謝料を巻き上げようと、たしかに最初はそう思って誘いをかけたけれど、でも途中からは、そんなこと、すっかり忘れていた。好きでもない相手に、あんなこと許せるわけがない。ましてやお金のためになんて……。

──好きな……。

ドクリ……と、心臓が痛い音を立てた。

──くっそ。

認めるのは悔しくて、ぐっと奥歯を噛む。

アレックスが大股に歩み寄ってきて、凛の手首を掴んだ。

「許嫁に逃げられたとあっては末代までの恥。――二度と日本に帰れると思うな」

「な……に？　痛……っ」

乱暴に扱われて、悲鳴が零れる。

「放…せ、放せよ……っ」

暴れても、力ではかなわない。

するとアレックスは、呆れた表情で事の成り行きを見守っていた、名もわからぬ女性に向かって、命令口調で言い放った。

「婚約披露パーティはキャンセルだ」

――……え？

凛が驚く以上に、目を剝いたのは女性のほうだった。それも当然だろう。なぜそちら側の話にまで飛び火するのかと思っていたら、話はそこで終わらなかった。

「えぇっ⁉　ちょっと、もう準備しちゃってるわよ！　この私がデザインしたドレス、どうしてくれる気……」

「ウエディングドレスに変更だ。式を挙げる」

「はぁ？　あなた正気？」

問題が表面化する前に、さっさと式を挙げてしまおうというのか。これには婚約者もビックリだろう。正気か？　と問いたくもなるというものだ。

だが、凛はアレックスの言葉を誤解していた。次いで発せられた言葉に、今度こそ唖然と目を瞠る。

「いくらかかってもかまわん。彼に一番似合うものを超特急で準備しろ」

「……は?」

思わず抵抗するのも忘れて、長身を見上げていた。その隙を突かれ、広い胸に完全に抱き込まれてしまう。

「ちょっと……」

何もそんなに慌てなくても……と、女性が間に入ってとりなそうとする。

「ドレスは出来上がってるけど、でも物事には順序ってものが……」

問題はそこではないだろう。なぜ彼女は怒らないのだ? だがこのときの凛に、自分以外のことなどもはや考えていられる余裕はなかった。

よって、アレックスと女性のやりとりの違和感にも、気づくことができなかった。

「冗談じゃな……、放せよっ! やだ! 絶対にやだ!」

なんでこんな気持ちのまま、無理やり結婚させられなくてはならないのか。キズものにしたから責任をとるとでも? 男の許嫁などそもそも愛人候補でしかないから、何人いようとかまわないとでも?

「ずっと傍にいろと言ったのはきみだ。いまさら反故《ほご》にすることは許さん」

「そ、そんなの……っ」

知らないと言いかけて、抱かれた夜の光景が脳裡《のうり》を過る。

言った気がする。広い背にひしと縋って、ずっとこうしていたいと、熱に浮かされてたしかに言った気が……。

カァァ…ッと頬に血が昇る。返す言葉を探せないまま、凛はアレックスの腕のなかで身を縮こまらせた。

「もう、ほとんどストーカーの域ね」

呆れた顔で、女性が両手を天に掲げて言う。

「それ以上無駄口を叩くと、資本を引き揚げるぞ」

アレックスの怒気にもめげず、「はぁい」と軽い返事をして、手をひらひらと振ってみせた。そして、アレックスの腕のなかで身動きすらかなわなくなっている凛に、ずいっと整った顔を寄せる。

「ボク、悪いのに摑まったと思って、諦《あきら》めてね」

そんな言葉とともに、ウインクをひとつ。

どこまでバカにすれば気が済むのか……！

「な、なんだよっ、本物の婚約者と結婚すればいいだろ！　ちゃんと女の婚約者がいるんじゃないか！　俺なんか……っ」

ふたりしてバカにして……！　と怒鳴ると、これ以上の口答えは許さないとばかりに、唇を塞がれた。

「……んんっ！」

咬《か》むようなキスに見舞われて、恐怖に駆られた凛は反射的に噛みつく。

「痛……っ」

アレックスの唇に血が滲むのを見て、荒事に慣れない凛は、驚くあまり固まってしまった。

それでも、震える唇で、言わなければ気が済まない文句を言う。

「キスなんか、するなよ……俺なんか、もうどうだっていいくせに……っ」

涙が滲んできて、でも凛は、それを懸命にこらえた。泣くもんか。こんなことで、泣いたりするものか。

「凛……」

大きな目いっぱいに涙を溜めながらも、歯を食いしばって決して瞬こうとしない凛の様子に、アレックスがいくらか怒気を引っ込める。それでも、腕の拘束はゆるまない。

「リンって呼ぶな！　俺は……俺は……」

鈴音じゃない！　と、叫ぼうとして、できなかった。どうしても、最後の最後に躊躇《ためら》ってしまった。これ以上嫌われたくなくて、軽蔑《けいべつ》されたくなくて……もう充分、嫌われたかもしれないけれど、でも……！

「何が末代までの恥だよ。男の許嫁のほうがよっぽど恥だろっ！」

ぐいぐいと胸を押しのけながら吐き捨てた。次の瞬間、パンッ！　と、頬で高い音が鳴った。痛み以上に、驚きが勝った。

「それ以上、自分を卑下するな」

先以上の怒気が落ちてきて、凛は震え上がる。アレックスを、本気で怒らせてしまったと気づいたからだ。

「ちょ……、アレックス！　何も殴らなくても……」

「きさまは黙っていろ」

一喝《いっかつ》されて、女性は口を噤《つぐ》んだ。

衝撃であふれた涙を、凛は必死に拭った。

泣いてない。自分は泣いていない。ちょっと、水があふれただけだ。

すっかり抵抗の気力をなくした凛を部屋に引きずっていって、「おとなしくしていろ」と言い置き、ドアに鍵をかける。

アレックスの仕打ちに胸を喘がせ、ひとりになってようやく、凛は我慢していた涙をぼろぼろと零した。

悔しいのに、まだこんなに好きだ。それがますます悔しくて、涙が止まらない。

「ごめん、鈴音……」

全然役に立たなくてごめんと、親友に詫びる。

「日本に帰って、バイトしなくちゃ」

お墓、直さなくちゃ。亡くなった両親との、祖父母との、大切な繋がりなのだから。

なのに、ひとに頼って、汚い手段で、その修繕費を賄おうなんて考えたから、罰があたったのだ。

「ごめんなさい……ごめんなさい……」

空の上の両親が、そんなことじゃダメだと怒ったに違いない。

だって、どうして自分だけ、ひとりでがんばらなくちゃならないんだろう？　って思ったから。少しくらい他人を頼っても、したたかに生きても、いいじゃないかと、ちょっとだけ甘えたい気持ちになったのだ。

こんなに痛いしっぺ返しを食らうなんて、思ってもみなかった。

「ちく…しょー……」

ソファの上で膝を抱えて、目が溶けるほどに泣いた。

泣いて泣いて、涙ってこんなに流れるものなのかと自分でも呆れるほどに泣いて、ようやく涙を拭って立ち上がる。

すでに荷造りを終えたスーツケースをクローゼットの奥から取り出す。財布とパスポートなど、絶対に必要なものだけ小さなポシェットにおさめた。万が一の場合、スーツケースは置いていってもかまわないと思ったからだ。

「帰ろう」

自身に言い聞かせるように口にして、凛はアレックスに与えられた洋服を脱ぎ、日本から持ってきたTシャツとジーンズに着替えた。

ドアの向こうに耳を欹て、廊下に足音がないのを確認して、鍵をたしかめる。歴史ある館に取りつけられている鍵だ。めちゃくちゃ頑丈なものではありえないだろう。申し訳ないけれど、壊すしかない。

部屋をぐるっと見渡して、歴史的価値のあるものや美術品以外で、鍵を壊すのに使えるものを探す。凛が手にしたのは、ステンレス製のポットだった。

なかのコーヒーを捨てて、「ごめんなさい」と詫びつつ、ドアにぶつける。ガッとすごい音がしたあと、ギッと音を立てて重いドアがわずかに開いた。

自分の目が行き届かなかったせいだと、ドナッジオが申し訳なさそうに頭を垂れるのを制して、アレックスは大きく肩で息をついた。

あの状態の凛に何を言っても聞く耳を持たないだろうから、落ちついてからちゃんと話すつもりでいたのだが……。

「壊しちゃったんですか、リンさん……」

うわぁ…と、ルカが冷や汗を滴《したた》らせる。ドレスに添えるブーケのデザインを相談しようとやってきたところで、騒動に遭遇したのだ。

パーティのプロデュースからドレスのデザインまでいっさいを任せている従姉《いとこ》のソフィアもさすがに驚いた顔で、「派手にやったわねぇ……」と緑眼を丸めている。

「あのじゃじゃ馬が」

思わず毒づくと、「自分が悪いんでしょ」と、ソフィアから厳しい指摘が飛んできた。

「あんな皮肉った言い方して。可哀想に。愛想尽かされて当然よ」

そうは言いながらも、「追いかけないの?」と尻を叩いてくる。

「バスの一本も走ってない田舎なんだから、充分追いつくでしょ」

はじめからそのつもりだ。「お車を……」と言うドナッジオを、自分が行くからいいと止める。

「お迎えに行くにも、ちょうどいいタイミングなんじゃない?」

そもそもソフィアは、その情報を伝えるために来たわけだが、なぜ先にメールの一本も寄こさないのかと、言いたい言葉を呑み込んだ。いまは、彼女と不毛なやりとりをしている場合ではない。

「行ってくる」

エントランスの車寄せに用意されていた車に乗り込んで、エンジンをかけるなり、急発進する。まるでサーキットを走るかのように、車は丘陵を駆け抜けていった。

それを見送りながら、ソフィアが「そういえば」と言葉を継ぐ。

「レーサーになりたいって言ってた夢、いつ諦めたのかしら、あの子」

ソフィアの呟きに、「旦那さまにそんな過去が?」とルカが驚く。「ほんの小さなお子さまのころのお話ですよ」とドナッジオが笑った。


だだっ広いベルリンゲル家の敷地を抜け出すだけでもひと苦労だったところへ、日本とは違い、バスの一本も走っていない殺風景な道を、凜はひたすら歩くはめに陥っていた。

そこまで考えなかった自分を悔いてもいまさらだ。

車の一台も通れば、ヒッチハイクでもなんでもするのだが、いかんせんさきほどからトラック一台すら通らない。

畑があるのだから、車の往来があってしかるべきだというのに。

「まさか、まだベルリンゲルの敷地内にいるってことはないよね。――ったく、無駄に広すぎだっつーの！」

小さなスーツケースをゴロゴロと引きずって、凛はオレンジ畑のなかを抜ける道をひたすら歩く。

救いは、道の両側に広がるオレンジ畑から、すがすがしい香りが漂ってくることか。お腹がすいたら、いくつか失敬すればいい。たぶんきっとベルリンゲルの農園だから、遠慮する必要なんてない。

すると、道の向こうから、こちらに向かって走ってくる一台の車に気づいた。だが、ようやく車と出合っても、向かう方角が逆では意味がない。

つまらない気持ちで、凛は無心に道を歩く。すると、近づいてきた車が、凛の脇を行きすぎてすぐ、急ブレーキをかけた。

再度エンジン音がして、何事かと振り返ると、車がバックしてくる。

傍らで急停止した車の後部シートのドアが開いて、飛び出してきた痩身が、いきなり凛に抱きついてきた。

「凛！」

「へ？　え？　……鈴音⁉」

よく見れば車はタクシーで、久しぶりに顔を見る親友が、「よかったぁ！」と半泣きでしがみついてくる。

「鈴音、ちょ……、苦しいってばっ」

「心配したんだよ。メールのレスもほとんどないし、来たと思ったら絶対嘘だってわかるカラ元気メールだし、どうなってるのかと思って……っ」

メールで嘘の報告をしたことを見抜かれていたと知って、凛は驚く。鈴音はときどき、妙に敏《さと》いところがあるのだ。

「それで？　どうしたの？　こんなところ歩いて……」

「鈴音こそ、どうしたんだよ？」

なぜシチリアに？　と尋ねると、「心配だから来たの！」と、強い口調で返された。

「僕のせいで、妙なことになってたらと思って……本当に心配したんだからね！」

「ごめん……」

凛が詫びると、謝らなくてはならないのは自分のほうだと、鈴音がそれを止める。

「僕が逃げて、家のこととは関係のない凛に面倒を押しつけたのが悪いんだ。ごめんね、僕のためにこんな遠くまで行かせて。あちらには僕からちゃんと話すから」

誠意を見せるから、という鈴音に、凛はいま現在の状況をどう説明していいかわからず、呆然と立ち尽くす。

「いや、あの……」

もはや鈴音が誠意を示してどうなるものでもない状況に陥っているのだ。自分が、アレックスを怒らせてしまったから……しかも館を勝手に抜け出してきてしまった。年代もののドアの鍵を壊して……。

「凛？」

どうしたの？　何があったの？　どうしてひとりで歩いているの？　と、ますます心配を募らせる鈴音に返す言葉もなく、凛が呆然としていたら、遠くから聞き覚えのあるエグゾーストノート《排気音》が響いてきた。

道を猛スピードで走ってくるシルバーメタリックの車体。

「ええ……っ⁉」

危ない！　と叫ぶ鈴音と、思わず抱き合った凛の目の前で、高級車はまるでカースタントの技を披露するかのように、タイヤを鳴らして急停止した。

「……うそ」

硬直しつつも呟いたのは鈴音のほうで、凛はというと、車から降り立った長身を目にしてゆるり…と目を見開くのみ。

こんなに早く追いつかれるとは思っていなかったというか、そもそも追ってくるとも思っていなかった。

「アレックス……」

凛の呟きを聞いて、鈴音は車から降り立ったのが何者かを察した様子だった。すっと前に出て、背中に凛を庇《かば》おうとする。

「あ、あの……っ」

自分が本物の三沢鈴音です！　とでも言おうとしたのだろう。だが、一寸早く、アレックスに遮《さえぎ》られてしまった。

「帰るぞ」

車のドアを開けながら言われて、凛はふいっと顔を背けた。鈴音に先に乗るように言って、アレックスは凛の傍らに立つ。スーツケースを引きずって歩きだそうとした肩を摑んで止められる。

「放せっ！」

肩を摑む手を振り払うと、今度は手首を摑まれる。抵抗をねじ伏せるように抱き込まれかけて、凛は精いっぱい両脚を踏ん張った。

「俺じゃない！」

とうとう、言ってしまった。

「そこにいるのが、本物の三沢鈴音！　俺はニセモノ！」

だから放せ！　と言っても、アレックスは聞き入れない。

「鈴音！　謝る必要なんかないからな！　こいつには別にちゃんと女の許嫁がいるんだ！なのにおまえに航空券送りつけてきたりして、おまえを騙そうとしてたんだ！」

「……え？」

鈴音はきょとんと大きな目を瞬いて、凜の言うことを理解しようと努めている様子。だがすぐに理解できなくてもしかたない。そもそもが大茶番だったのだから。

「ちゃんとした婚約者がいるくせに、おまえのことも愛人にしようとしたんだ！　やさしいふりして騙して……っ、あんな……あんな……っ」

凜が喚き散らしても、アレックスは平然とそれを聞き流すのみ。あまつさえ「言いたいことはそれだけか」と、切り捨てられて、凜は絶句した。

「何度も言うが、私の花嫁はきみだ」

すぐにドレスも出来上がってくる、と言われて、今度は頭に血が昇る。

「ふざけるな！」

力いっぱい怒鳴って、もう付き合っていられないとばかり、踵を返そうとした。——が、ふいに身体が浮いた。

「わ……ぁっ」

いきなり肩に担ぎ上げられて、凜は驚いて目を瞠った。

「ちょ……な、何す……っ」

背中を殴りつけても、ビクともしない。

縋って背中に爪を立てた夜のことを思い出してしまい、凜は真っ赤になって固まった。

「凜……⁉」

驚いて追いかけてくる鈴音を、「一緒に来なさい」と車へと促し、自分は悠然と凜を担いで車に足を向ける。

凜のスーツケースと鈴音を後部シートに押し込み、凜は助手席へ。鈴音を置いて逃げるわけにもいかず、凜は渋々シートにおさまった。

館に連れ戻され、凜が鍵を壊した部屋ではなく、もっと広い一室に鈴音ともども通される。

結局どうなったのかと、見守るドナッジオとルカに、「彼が本物の三沢鈴音くんだ」と、あたりまえのように鈴音を紹介して、アレックスはドカリとソファに腰を下ろした。――凜を片腕に抱いたままの恰好で。

「は、放せよっ」

鈴音の手前もあって、どうしていいかわからず、凜はアレックスの腕から逃れようともがくものの、腕の拘束はますます強まるばかりでゆるむ気配もない。

「アレックス……！」

凜が胸倉に掴みかかると、見かねた鈴音が「申し訳ありませんでした！」と頭を下げた。

「僕が凛に頼んだんです。どうしていいかわからなくなって、不安で……そうしたら凛が、自分が身代わりになるって言ってくれて、僕、それに甘えてしまって……凛は悪くないんです。だから……」

必死に凛を庇おうとする。凛は、納得がいかなかった。

「なんで謝るんだよ！　そもそも騙してたのはこいつだぞ！」

こっちも騙そうとしたけれど、でもアレックスが航空券を送ってきたこと自体がすでに茶番だったのだから、詫びる必要などないと、凛が主張する。

「騙してなどおらん」

アレックスは、渋い顔で訂正した。

「ちゃんとした許嫁がいるくせに！」

「ソフィアは従姉だ！」

嘘をつくな！　と喚く凛に、さすがのアレックスもいくらか声を荒げる。するとそこへ、話題の中心人物が呑気に顔を出した。

「あら、呼んだ？」

ピリピリとした空気もなんのその、改めて「ソフィア・ヴァレンティノよ」と自己紹介をした彼女は、手に抱えた白い布の固まりを、あとからついてきた部下と思《おぼ》しき若い女性が置いたトルソーに着せかける。

「はい。最後の調製も済ませたわよ。どう？　いい出来でしょう？」

披露されたのは、純白のウエディングドレスだった。

たっぷりのドレープに、白い花飾り。小粒なクリスタルかと思いきや、生地がずっしりと重みを孕《はら》むほどに、本物の宝石が縫い込まれている。

本当につくっていたのかと、唖然とすることしばし、凛は怒りを爆発させた。

「こ…んなもの、着られるかよ！」

何度目か「ふざけるな！」と怒鳴って、いったいどういうつもりなのかとアレックスの胸倉に摑みかかる。

「なんなんだよっ、どうしてこんな……っ」

我慢に我慢を重ねた涙腺《るいせん》はもはや限界で、凛はとうとうアレックスの前でボロボロと泣きはじめてしまった。

すでに散々泣いたつもりだったのに、まだ涙が残っていたのかと自分でも呆れる。でも止まらないのだからしかたない。

一番驚いた顔をしているのは鈴音で、それは普段の凛を知るが故《ゆえ》。いつも明るく元気で、弱いところを見せようとしない凛が、子どものように大泣きする姿を見て、ただごとではないと感じ取ったためだ。

「リンって呼ばれるたび、俺がどんな気持ちで……っ」

アレックスの胸元を揺さぶりながら、凛は言い募る。音は同じでも、自分を呼んでいるわけではないのだ。

はじめはよかった。けれど、「リン」と呼ばれて口づけられるなんて、こんな苦しいことはなかった。

すると鈴音が、「どういう意味？」と尋ねてくる。

「リンって、なんで？」

鈴音だと思っている相手を、どうして「リン」と呼ぶのか？　と訊いているのだ。凛はアレックスから聞いたままを応えた。

「え？　だって、おまえの愛称なんだろ？」

「……何、それ？」

鈴音はきょとりと目を丸くして、首を傾げる。

「だって、おまえんちのじいちゃんが……」

「おじいちゃまが？」

鈴音はますます怪訝そうな顔をして、そんなふうに呼ばれたことはないよ、と返してきた。

「……え？」

じゃあ、どうして？　と凛がアレックスに視線を戻す。アレックスの眉間には、くっきりと深い皺。

　すると鈴音が、トルソーに着せられたウエディングドレスをしげしげと観察して、そして合点《がてん》がいった顔で凛を振り返った。

「ねぇ、凛。凛の誕生石って、真珠だよね？」

　もしくはムーンストーン、と言われて、凛は長い睫毛を瞬く。

「……え？」

　六月生まれって、そうなんだっけ？　と、その手のことにあまり興味のない凛は、長い睫毛を瞬くばかりだ。

「僕は、アクアマリンなんだ」

「……？」

　鈴音が何を言っているのか、最後まで理解できないでいたのは凛だった。ドナッジオもルカも、その意味を察して頷いている。

「このドレス、真珠とムーンストーンで飾られてる」

　クリスタルかと思ったら本物だった、宝石のことだ。スパンコールならまだしも……といった勢いで、ドレスの生地に縫い込まれ、キラキラと光を放っている。

「よく気づいたわね、ボク。これ全部、手縫いなのよ」

　すごいわ！　と歓声を上げたのはソフィアだった。

「すごい！　時間かかるんですよね？」

手縫いと聞いて、鈴音が目を瞠る。

「そりゃあそうよ。全部職人の手作りだもの」

デザインしたのは私よ、とソフィアが自慢げに返した。

「ブーケにも、真珠をいっぱいあしらってるんですよ」

ルカが話に割って入る。ブートニアと合わせて、白い花と真珠で飾ったブーケは、ドレスにデザインされた花のモチーフと同じ生花でつくったのだと説明した。

結局何が言いたいのか、わからないまま大きな目を瞬くばかりの凛に、鈴音がしょうがないな……と多少呆れた様子で、謎解きをはじめた。

「つまり、このドレスは間違いなく凛のためにつくられたもの、ってことだよ」

最初から、凛のために、凛のサイズでオーダーに出され、凛の誕生石で飾られたドレスが、凛以外の誰のためのものだというのか。

「それって……」

アレックスは、最初から凛の正体に気づいていた……？　許嫁が実は男だと知っていたばかりか、凛がニセモノであることまで……？

いつから……？　と、呆然と口中で疑問を転がす。

「知ってたのか⁉　はじめから⁉」

なんで⁉　どうして⁉　と、またも胸元を揺さぶると、アレックスの大きな手が、上から宥めるように添えられた。

「ああ、だから！」

ぽん！　と手を打ったのは鈴音だった。

「そっか！　だから、ひとりが心細ければ、友だちを誘っていいって、最初の招待状に書かれてたんですね！」

鈴音が凛を誘うに違いないと計算しての、シチリアへの招待だったのか！　と、鈴音が無邪気に大暴露をやらかす。

なのに、蓋を開けてみたら、やってきたのは凛ひとりで、当初の目的は果たせたものの、さてどうしたものかと、成り行きを見守っていたのだと、つづいて暴露したのは意外にもドナッジオだった。

その隣でルカが、「そういうことだったんですか」と驚いている。「僕にも教えておいてほしかったですね」と、少し拗ねてみせた。

「この子にドレスを着せたいがために、ずいぶんと長いシナリオを書いてバカバカしい計画を練ったものよねぇ」

花嫁に迎えることではなく、まるで男にドレスを着せるのが目的のヘンタイのようにソフィアに言われて、アレックスの眉間の皺が深まった。それでもまだ、自ら口を開く気はない様子。

「坊ちゃま、観念なさいませ」

老執事の忠言には、アレックスも弱いようだった。ややして諦めたようにひとつ長嘆を零して、「はじめから知っていた」とようやく指摘された内容を認めた。

「わかっていて、騙されているふりをしていた」

それでも、凛を鈴音と呼ぶのは避けたくて、嘘を言って「リン」と呼んだのだと、ネタばらしまで。

祖父同士の約束がもはや冗談にしかならないのはわかっていて、それでも念のために鈴音と三沢家について調べたときに、鈴音の友人として凛の存在を知った。なぜか目について、気になって、忘れられなくて、今度は凛のことを調べた。

鈴音を招待すれば、もれなく凛がついてくるだろうと考えての招待だったと、面白くなさそうに暴露する。

「最初から……」

わかっていて、騙されていたふりをしていたというのか。そんなことも見抜けないで、自分はあんなに悩んで……？

「なんだよ……俺、あんなに悩んで……なのに……」

苦しかったのに。騙して嘘をついているのがつらくて、だからこそ、さっさと終わらせて日本へ帰ろうと思ったのに。

「バカにしてたのかっ、俺が嘘ついてるってわかってて、笑って見てたんだろっ」

広い胸を叩きつけようとして、その手をそっと制される。

「凜……」

すまなかったと、真摯《しんし》な声が詫びた。

「可愛らしいと、思って見ていた」

笑っていたかもしれないが、それは意味が違うと言う。

はじめこそ猫をかぶっていたものの、すぐに素の凜の姿が見えはじめた。犬たちと無邪気に駆けまわる姿も、農園で楽しそうに働く姿も、笑顔も、すべてが魅力的で愛しくて、歳若い青年に心を奪われた自分を、認めざるを得なくなった。

天涯孤独の身の凜を、二度とひとりにはしない、大切に大切に、一生愛し抜く覚悟で抱いた。凜の考えることなどすべてお見通しで、あえてそれに乗った。早々に凜が、つらそうにしはじめていたから、もう全部わかっているのだと、言うつもりで……。

「きみの人生に責任を負うつもりで抱いた。いいかげんな気持ちではない」

「アレックス……」

ふたりのやりとりに、鈴音が頬を赤らめる。凜とアレックスが深い仲になっていることまでは、さすがに考えていなかったのだろう。

涙の上に涙を滲ませはじめた凜を、アレックスが揶揄《からか》う。

「そんなに泣いたら、瞼が腫《は》れるぞ。明日は結婚式だというのに」

そんな酷い顔でベールをかぶる気か？　と言われて、「冗談……」と目を瞬いた。ドレスといい、結婚式といい、忘年会の余興ではないのだから、冗談にしては悪質だ。

「私は冗談など言わん」

「で、でも……っ」

招待客があるということは、正式な場だということで、凛は正直気後れした。いくら同性同士の権利を認める法律があるとはいえ、イタリアはカソリックの国だ。当主としてのアレックスに対する風当たりがどうなるか、考えたら足が竦むのはどうしようもない。

「気にすることはない」

自分が選んだのは凛であって、それについて誰にも文句は言わせないと告げる。

「でも……」

世間というのは、そんな簡単なものではないはず。両親を亡くしたときに、凛はそれを知った。綺麗事だけで、世界はまわっていかないのだ。

凛の不安を拭い取ろうとするかのように、アレックスの大きな手が白い頬を撫でる。その手の心地好さにようやく涙も止まったタイミングだった。

「なら、いますぐ式を挙げてしまおう」

「……はぁ？」

明日などと言っていては埒が明かない、内輪でいいからさっさと式を挙げてしまおうと、アレックスが無茶を言いだす。凛の話のどこをどう捉えたらそんな結論になるのか、凛にはもう、わけがわからなかった。

悩む間を与えたくないと言う。一歩を踏み出してしまえば、存外と簡単な話のはずだと言われて、凛は驚きと発見に、ゆるり……と目を見開いた。

「また逃げられてはかなわん」

「そ、そんなこと……っ」

しないと、言い返すことができないのが、まずかった。アレックスは決意を固めた様子で、周囲を見やる。

「敷地内に教会もあるし、いいんじゃない？」

ドレスはばっちりだし、明日の結婚式はキャンセルするにしても、結婚披露パーティだけにしても、どちらでもいいんじゃない？　と、軽く言うのはソフィアだった。そして、「靴とベールもとってくるわ」と部屋を駆け出していく。

「ではすぐに準備を」

ドナッジオが一礼をして部屋を出ていく。

「じゃあ、ブーケをすぐに仕上げちゃいますねっ」

鈴音に、「手伝ってもらえるかな？」と声をかけて、ルカがドナッジオにつづいた。鈴音は「はい！」と元気に応じて、ルカのあとについていく。

「ちょ…っと、待……っ」

置いてけぼりを食らって、凛は呆然と呟くのみ。

「うそ……」

マジ？　と閉まったドアに向けて尋ねても、応えてくれるわけもない。

言葉もなく立ち竦《すく》む凛を、アレックスが後ろから抱きしめてくる。

「……っ」

思わずビクリと肩を揺らしてしまって、凛は首を竦めた。

「ドアの鍵を壊して逃げるほど、私が嫌いか？」

耳朶に尋ねる声はあくまでやさしく甘ったるい。

「……だって、怒らせたと思ったから、もうここにはいられないって思って……」

だからもう、何もかも放り投げて帰るよりほかに、選択肢が見つからなかったのだ。決してアレックスが嫌いなわけではない。散々酷い言葉で罵ったあとではあるけれど、でももう自分の心は偽りようがない。

「俺にあんなことしたのに、ちゃんと婚約者がいるんだって思ったら、悲しくて、ショックで、どうしていいかわからなくなって、だから……」

だから逃げた。遊びだったと面と向かって言われたら、きっともう二度と立ち直れないと思ったから……。

「それは、私を愛しているということか？」

「……っ」

耳朶に満足げに訊かれて、凛は口を尖らせ、ふいっと顔を背けた。

「言ってくんなきゃ、言わない」

そっちから言わない限り、自分は何も言わないと意地を張る。耳元で、クスリと楽しそうな笑みが零れた。

「愛しているよ、凛」

ちゅっと、耳朶に甘ったるいリップ音。

思わず首を竦めて、「ホントに？」と問い返す。

「誓って」

神への誓いはこれからだが…と、アレックスは真摯に応じた。

凛は、アレックスの胸にそっと頬を寄せて、そして「ごめんなさい」と詫びる。アレックスの碧眼が細められた。

「お金が欲しかったのは本当なんだ。本当に騙して慰謝料ふんだくってやろうって、思ってた」

最初は思っていた。相手は元貴族の大金持ちなんだから、ふんだくってやればいいと、思っていた。

「墓石は先祖を祀《まつ》る大切なものだ。ちゃんと直そう」

そのための援助ならすると言われて、凛ははじかれたように顔を上げる。

「……全部知って……」

最初に調べたときに、凛の置かれた状況まで全部調べたと、今度はアレックスが詫びた。気持ちのいいものではないだろう、と……。

「だが、ひとつだけ覚えておいてほしい」

そう言って、アレックスは子どもに言い含めるように丁寧に、大切な話をしてくれた。

「ベルリンゲル家の資産は、領地に住み糧を得る人々の、日々の営みから生み出されるものだ。上に立つ者は、一粒のオリーブの収穫にも感謝する気持ちを忘れてはならない。それを忘れた驕《おご》れる者に、この土地を治める資格はないのだ」

それは代々、ベルリンゲルの当主に伝えられる家訓だという。そうした真摯な姿勢で治めてきたからこそ、この地は豊かで美しいのに違いない。

「はい。胸に刻みます」

アグリツーリズモの豊かな光景も、白馬で駆けた美しい情景も、凛には特別に大切なもので、できることなら自分も一緒に守っていきたいと思う。そのためには、自分もアレックスのように、真摯な気持ちを忘れることなく、生きていかなくてはならない。

「凛……」

アレックスの手に頬をすり寄せて、凛は身体の力を抜く。

「アレックス」

甘ったるい声で、そんなつもりはなかったのに、結果的にキスをねだっていた。

腰が抱き寄せられる。踵が浮いて、背が撓《しな》り、手を伸ばして逞しい首に縋りつく。

「あっら～？　誓いのキスは、まだ早いんじゃないのぉ？」

あと少し、というところで、実に楽しそうに邪魔してくれたのはソフィアだった。

「……っ!?」

慌てて身体を離そうとする凛とは対照的に、アレックスは腕の拘束を解こうとはせず、不服全開でソフィアを睨んでいる。

「いいの？　これ、捨てちゃおうかしら？」

ちゃんと、教会の祭壇の前でしなさいよ！　と、長いベールと白いパンプスを手にしたソフィアがニッコリと言う。

アレックスは諦念《ていねん》のため息。

凛の頬は、ひくっと引き攣った。

――ハイヒールのパンプスって……。

あんなものをはかされたら、まともに歩けないし、五秒後には捻挫《ねんざ》している自信がある。

「ねえ、最後にもうひとつだけ、訊いていい？」

凛はアレックスの腕に抱かれた恰好で、不審げな視線を上げた。「なんだ？」と、アレックスの眉間にも皺。

「なんでドレスなの？」

許嫁が男だと最初からわかっていたのなら、白燕尾服《えんびふく》を用意することだってできたのに、と凛が説明を求めると、アレックスはしばし言葉を探したあと、それらしい言い訳が見つからなかったのか、こんなときばかりバカ正直に返してきた。

「……可愛いから」

ドカッ！　と、部屋に響く鈍い音。

「ばかっ！　ヘンタイ！」

真っ赤になった凛に容赦のない蹴りを食らって、アレックスが小さく呻《うめ》く。全身を羞恥に染めて、肩を怒らせ、腕をすり抜けていこうとする凛を、アレックスが見逃すはずがなかった。

「じゃじゃ馬め」

毒づく声とともに、腕の囲いに引き戻される。熱烈なキスがもたらされて、凛は大きな目をさらに大きく見開いた。

「……んんっ」

背を叩いても、拘束はゆるまない。口づけはますます深まり、口腔内を激しく貪られる。口づけが解かれたときには、凛はぐったりと痩身をあずけて、潤んだ瞳でアレックスを睨み上げるばかりになっていた。

そんな凛を満足げに見やって、アレックスが意地悪く言う。

「おまえの着せ替え人形にしていい」

凛を好きに着飾らせていいと許可をもらって、ソフィアが目を輝かせた。

「待っていたのよ、この言葉！」

そして、メイク道具とってくるわ！　と、猛ダッシュで部屋を出ていく。戻ってきたときには、数人のスタッフを引き連れていた。

「え？　ちょ……やめ……っ」

さすがに女性相手に蹴りを入れるわけにもいかず、凛は逃げ場を失った。女性陣から好き勝手にいじくられて、途中で抵抗を諦めた。

一時間後、ソフィアと彼女の凄腕の部下たちによって、凛はそれはそれは可愛らしい花嫁に仕立て上げられていた。

——ありえない……。

と思っているのは当人だけのようで、鈴音は「凛、可愛い！」と大絶賛だし、ドナッジオもルカも拍手喝采《はくしゅかっさい》。

ソフィアがどういう魔法を使ったのか、鏡に映る自分が美少女にしか見えなくて、凛はもはや脱力するしかない。

「さすがに仕事が早いな」と満足げなアレックスはというと、胸元に飾られたブートニアといい、自分こそ華やかな黒燕尾服姿で、凛は自分の恰好も忘れて見惚れてしまった。

ルカ力作の、お揃いのブーケとブートニアには、たっぷりと真珠が散らされていて、それだけでも充分にジュエリーとしての価値がありそうだった。

ふたりの様子を見たルカが、「招待客に凛さんを見せたくなかったんだよ、きっと」と、予定されていたパーティを、結局アレックスがキャンセルにしてしまった理由を、鈴音の耳元に囁く。

鈴音は「そうですね」と頷いたあと、「いいなぁ……僕も恋人が欲しい」と、傍らのルカを見上げた。

ステンドグラスを通して月明かりが射し込む教会は、燭台にともる蠟燭《ろうそく》の明かりに幻想的に照らし出され、これ以上ないほどに厳《おごそ》かな雰囲気だった。

司祭役を引き受けたドナッジオの導入の言葉につづいて、誓いの言葉を読み上げる。

司祭の祝福の言葉のあと、指輪に聖水をかけ、新郎から新婦へ、新婦から新郎へ、指輪を送り合う。

ちゃっかりとアレックスが用意していたリングは、ぴたりと凛の指におさまって、笑いたいのか泣きたいのか、わからない気持ちにさせられた。

ベールが上げられる。

誓いのキスは、少し恥ずかしかったけれど、でも嬉しかった。

どう考えても茶番でしかない。でも祝福してくれるのが、この先も絶対的に味方になってくれる近しいひとばかりなら、悪ノリし尽くすのも面白い。

力強い腕に抱き上げられて、教会から連れ出される。祝福の紙吹雪とライスシャワーのかわりに、青白く美しい月光が、ふたりの頭上に降り注いだ。

5

ドレス姿のまま姫抱きに抱え上げられて連れられたのは、アレックスの居室だった。

奥へとつづくドアを開けた先、ベッドルームには天蓋付きの大きなベッド。天井まである窓から、青白い月明かりが射し込んでいた。

すぐにベッドに下ろされるかと思いきや、アレックスはテラスに足を向ける。

領地を一望できるテラスから、いまは濃い闇と、神秘的に降る月明かりだけを望むことができた。

「綺麗……」

濃い闇も、自然の営みの一端と思えば怖くはない。ただ深々と美しいばかりだ。

「この土地は、日本とは違う」

夜の闇は果てしなく深く、一方で昼は強い太陽光が降り注ぐ。

日本のような便利さとは程遠く、人々はいまなお牧歌的な生活をつづけている。

そんな土地で、本当に生きることができるかと、最後の確認をされているのだと気づいた。

「ここに来て、農園の仕事を手伝ったり、ブランカとジーノと駆けまわったり、乗馬も教えてもらったたし、すっごく楽しかった。生きてるって感じがして、全然寂しくなかった」

だから、ここでの暮らしはきっと楽しいはずだと返すと、アレックスは凛《りん》の瞳の奥を覗き込むようにして尋ねてきた。

「寂しかったか」

祖父母を亡くし、両親を亡くして、たったひとり。友人はいても、手を貸してくれる親類があっても、でも家族とは違う。

「……寂しかった」

誰にも零したことのない……自身ですら認めることを拒否しつづけてきた、凛の本心だった。アレックスにになら、言ってもかまわない気がした。

「ひとりは、寂しかったっ」

ぽろぽろと、涙が零れる。

これまで我慢してきたぶん、いったん崩壊を許した涙腺は以前とは比べ物にならないほど弱くなってしまったようで、我慢が利かない。

「もう、ひとりではない」

たとえ正式な婚姻がかなわなくても、これからは家族として暮らそうと言われて、凛はますます瞳を潤ませた。

「気丈かと思いきや、今日は泣いてばかりだな」

「アレックスが、泣かせるんじゃないかっ」

拗ねて尖らせた唇を、軽く啄まれて、凛は甘ったるい吐息を吐く。

「これ以上泣くと化粧がとんでもないことになるぞ」と揶揄されて、ムッと唇を歪めた。キスを繰り返す唇に、軽く咬みつく。

「悪戯っ子にはお仕置きが必要だな」

アレックスが愉快そうに言うのが面白くなくて、凛は男の腕を飛び出した。駆けていった先はバスルーム。

洗面台で顔をばしゃばしゃと洗って、ソフィアに施されたメイクを落とす。肌呼吸ができなくて苦しかった上、崩れると言われて、我慢できなくなってしまった。

鏡には、見慣れた自分の顔。

でも、ドレスのせいで、やっぱりいつもと違って見える。

「とったのか」

可愛らしかったのだがな……と言われて、「ああいうのが好きなの？」と、不服げに尋ねる。アレックスは「そういう意味ではない」と笑って、再び凛を抱き上げた。

「凛だから、可愛らしく見えるという意味だ」

ほかの男の女装になど興味はないと言う。それを聞いて、言われなくてもわかっていると思いながらも、やはりどこかホッとする自分がいた。

そっとベッドに下ろされて、凛はたっぷりと布の使われたドレスを持て余す。

メイクをとったいま、素顔の自分がドレスを着ている姿は、滑稽《こっけい》以外の何ものでもないだろう。

さっさと脱いでしまったほうがいいだろうかと考えて、けれどそれでは自分が誘っているようで恥ずかしいと手が止まる。

ベッドの上で所在なさげに戸惑うそぶりを見せる凛は、いつもの気丈さとの落差もあって愛らしく、アレックスの目を楽しませる。

「凛」

「何？　……んっ」

間近に呼ばれて顔を上げたら、不意打ちのキスに襲われた。ベッドに腰を下ろした恰好で長い脚を組むアレックスが、ベッドの真ん中に座り込む凛を抱き寄せる。

蕩けるようなキスを見舞われて、凛はアレックスの腕に身をあずけた。脳髄が痺れるようなキスが、凛の思考から理性を剝ぎ取り、細かいことを考えられなくさせられる。

たっぷりと使われた布を掻き分けて、不埒な手がドレスの下の素足をなぞる。太腿のなかほどには、サムシングブルーのキャットガーター。メイクはとっても、どのみち恥ずかしいことに違いはなかった。

ドレスの下から白い膝が露《あら》わになって、そこに唇が落とされる。

太腿の付け根ギリギリまでドレスを捲り上げられて、凛は慌ててドレスを押さえた。

「ダ、ダメ……っ」

真っ赤になって拒む。その理由など、当然アレックスにはバレていた。

「ソフィアに遊ばれたのか」

「や……っ」

凛の抵抗などものともせず、アレックスは純白のドレスを捲り上げる。ガーターベルトだけでも厭らしいのに、レースの小さな下着で隠せる範囲など限られている。

「み、見るなっ」

さきほどのキスだけで兆してしまった欲望の形までもがはっきりとわかる。

下着に手をかけられ、ガーターベルトはそのままに、露わになった場所にアレックスが唇を寄せた。

ドレス姿のまま口淫を施される。

その背徳感が凛の情欲を焚きつけ、倒錯的な行為に煽《あお》られて、施される奉仕を甘受した。

「も……ダメ、だ……」

放してと懇願すると、より強く吸われ、舌先で先端を抉られた。

「あ……ぁっ」

ビクビクとドレスに包まれた細腰が跳ねる。余さず舐め取って、アレックスは「早いな」と笑った。

「だ…って……」

涙目になって、凛が睨む。

それをあやすように、眦にひとつキスをして、アレックスはさらに大きく凛の膝を割り開いた。

露わにされたそこは、前への刺激に反応して戦慄き、一度与えられただけの快楽を思い出すのか、淫らに潤みはじめている。

「綻びはじめているな」

これはどうしたことだと揶揄を落とされて、凛は反射的に膝を閉じようとしてしまった。アレックスの頭を挟み込む結果となって、「ねだっているのか」とさらに揶揄われる。

「違……っ」

「違うのか?」

「違…わない、けど……っ」

アレックスの碧眼に悪戯な色が滲んでいるのを見て、凛は口を尖らせる。

「……意地悪」

拗ねたように言う唇にも、軽く啄むキスが落とされて、それから刺激を待つその場所にも。

「は……ぁっ」

舌に舐められて、満足げな吐息があふれた。

戦慄くその場所を舌と長い指とにいじられ、ほぐされて、凛は次への期待に肌を粟立たせる。けれど、アレックスは意地悪く感じる場所をはぐらかして、焦らすように敏感な内部を擦り立て、浅い場所を舌で掻きまわした。

「や…ぁっ、も……や、だっ、奥……熱、い……っ」

疼く肉体を持て余して、凛が啜り啼く。

もっと強い刺激を肉体は欲している。一度与えられた熱を肉体が反芻して、期待に蜜を滴らせ、最奥を戦慄かせ、淫らな言葉も紡がせる。

「アレ…ックス、はや…くっ」

ドレスのウエストが締めつけられていて、息をつくのも苦しい。けれど、このまま嬲《なぶ》られるのはもっとつらい。

「早く？　どうしてほしい？」

早く何が欲しいのかと、耳朶に訊かれて、凛は全身を真っ赤に染めて、ふるっと頭を振った。

「ここを、どうしてほしい？」

内部を長い指でいじりながら、アレックスが請う言葉を言わせようとする。

「あ……んっ」

甘く喉を震わせて、凛は意地悪い色を浮かべる碧眼を見上げた。自ら唇を寄せて、意地悪いことばかり言う唇を啄む。

「……して」

アレックスの口許が、満足げにゆるむ。

「アレックスの……欲し……、奥まで……」

「入れて」と、最後のひと言は、口にする前に嬌声に掻き消されていた。

「あぁ……っ！」

いきなり突き込まれて、痩身が跳ねる。

けれど、悲痛にも聞こえる悲鳴は最初だけ。荒々しい熱を嬉々として受け入れたその場所は、歓喜に潤み、貪欲に締めつけ、凛を快楽の底に突き落とした。

「あぁ……んっ！　い……いっ、ひ……っ！」

荒々しく揺さぶられ、一気に頂に押し上げられるかと思いきや、ふいにはぐらかすように焦らされて、凛は甘く喘ぐ。

歓喜に満たされる肉体をくねらせ、あえかに啼いて、責め立てる男の目を楽しませた。

白いドレスを乱して快楽に喘ぐ姿は倒錯的で、これ以上ないほどに淫らだ。

「は……ぁっ、……んんっ！」

ひと際深い場所を突かれて、凛は白い喉を仰け反《のぞ》らせ、ビクビクと痩身を跳ねさせた。ドレスの奥で、白濁がはじける。

「……っ」

上から落ちてくる低い呻き。

直後、最奥に熱いものが放たれるのを感じて、凛は全身を瘧《おこり》のように震わせた。

「あ……ぁ……っ」

甘ったるい余韻が全身を駆け巡る。

放ったばかりだというのに、繋がった場所をうねらせ、逞しい牡をさらに深く誘い込もうとする。

「凛」

呼ばれて長い睫毛を瞬くと、溜まった雫がほろりと零れ落ちた。それを掬い取るように紅潮した頬にキスが降らされる。もちろん唇にも。

いまさらのように恥ずかしくなって、凛が逞しい肩口に額をすり寄せると、アレックスは小さく笑って、痩身をぎゅっと抱きしめてくれた。

こうされると、とても安堵する。

包み込まれ、守られている気がする。

背にまわされたアレックスの手が、ドレスのファスナーを探って、窮屈感が去ると、凛はようやく深呼吸がかなった。凛のサイズに仕立てられているとはいっても、そもそも着慣れないものだから、どうしても苦しかったのだ。

ドレスの下から現れた、生まれたままの姿の凛を、やはりドレスシャツを脱ぎ捨てたアレックスが広い胸に抱きしめる。そして、凛の左薬指にはめられたリングに、唇を落とした。

月明かりのなか、もはや何度目かの誓いのキス。

凛はアレックスの胸に頬を寄せて、顔を隠すようにしてから、おずおずと下に手を伸ばした。

「凛？」

アレックスが驚いたように訊く。

「しても、いい？」

下手だと思うけど…と、俯《うつむ》いたまま尋ねる。

「無理しなくていい」

与えられる快楽に溺れるのと、自ら貪るのとは違うと言われて、勝気な性格が刺激された。

「する。したい」

そう言って、上体を屈《かが》める。

「凛……」

アレックスの大きな手が、宥めるように髪を梳く。その心地好さにも刺激されて、凛は猛々しい欲望に唇を寄せた。

「すご……おっきい……」

零れるのは、まるで幼子のような感嘆。

アレックスは苦笑するよりほかない。

ペロリと舐めると、ビクンと震える。驚きと、感動と、そして純粋な興味とに駆られて、アレックスがしてくれたことを思い出しながら、それを口腔に含んだ。

懸命に舌を絡め、強く吸って、喉の奥まで受け入れる。

当然、拙《つたな》い奉仕ではあったけれど、アレックスは満足げな息をついて、凛の頭を撫でた。

「最後までしなくていい」と言われて、欲望を咥えたまま「やだ」と返す。

「凛……」

無理だと言われると、より対抗心が湧いて、凛は懸命に奉仕した。

「悪い子だ」と、上から落ちてくる意地悪い声。「え?」と思ったときには、ズンッと喉の奥を突かれていた。

「ふ……うっ」

後頭部を摑まれ、激しい抽挿に口腔を犯される。

息苦しさに喘いで、もう無理……と思ったところで、欲望が引き抜かれた。そして熱い飛沫《しぶき》が注がれる。

「あ……」

顔を汚されたのだと、咄嗟にはわからなかった。

そのまま広い胸に倒れ込んで、ビクビクと痩身を戦慄かせる。凛の欲望は、触れられてもいないのに白濁をはじけさせていた。

ぐったりと身体をシーツに投げ出す凛を抱き上げて、アレックスはバスルームに足を向けた。

広いバスタブには、鮮やか色目のレモンとオレンジが浮いていた。ハーブの香りもする。その向こうの壁は一面のガラス張りで、大きな月を眺めながら、ゆったりと湯に浸かることができる。

シャワーの湯で汗と汚れを洗い流して、凛を抱いた恰好で湯に浸かる。凛はアレックスの膝の上で、広い胸にすっぽりと包まれた恰好で、ホッと安堵の息をついた。

「きもちい……」

囈言《うわごと》のように呟く。

決して水が豊富とはいえないシチリアの大地だが、ベルリンゲルの領地内は別だ。豊富な湧水と川の流れがあればこそ、長くベルリンゲル家の繁栄があったのだから。

「下手、だった…よね？」

凛がおずおずと尋ねると、「急に大人にならなくていい」と笑われる。「でも……っ」と言い募れば、「急がなくても時間はたっぷりとある」と返されて、凛は数度の瞬きののち、頬を染めてコクリと頷いた。

そしてまた、広い胸に頬をあずけて、瞼を閉じる。

その凛の肌を湯の中でなぞっていた大きな手が、細腰を撫で、臀部《でんぶ》に滑り落ちて、狭間《はざま》を探った。

「や……んっ」

たっぷりと内部に注がれたものを掻き出すように、その場所に指を含まされて、凛は逞しい首に縋りついた。

敏感になった場所は、わずかな刺激にも反応して、凛は逞しい肩に額をすり寄せて甘える。身体の向きを自ら変えて、アレックスの腰を跨いだ。そして、欲望に手を伸ばす。

「そんな誘い方を教えた覚えはないぞ」

アレックスが苦く言うのを聞いて、凛はペロリと舌を出した。その舌を軽く食まれ、驚いて首を引く。

「……んっ」

甘ったるいキスに興じる隙に、下から力強い熱に穿たれる。

バスタブにたっぷりと張られた湯が波立って、レモンとオレンジが香った。

湯のなかで、爽《さわ》やかな柑橘《かんきつ》の香りに包まれて、逆上せるまで抱き合った。半ば意識を飛ばした状態で広いベッドに連れられて、愛しいひとの腕に抱かれて眠りに落ちる。

寝ぼけ眼で、「毎日腕枕してくれる?」と訊いたら、アレックスは少し驚いた顔をして、それから「そういうところは素直なのだな」と笑った。

額に口づけが落とされ、「ずっとこうしていよう」と甘い囁き。それに安堵して、ぎゅっと抱きついた恰好で、凛は深い眠りについた。

朝食のテーブルには、色鮮やかなブラッドオレンジのジュースとレモンスカッシュ、とれたての野菜を使ったサラダと平飼いされている鶏の卵を使ったオムレツ、生ハム、焼きたてのパン。

イタリアらしい、甘いお菓子の朝食も嫌いじゃないけれど、凛はやっぱりこちらのほうが好きだ。食べた気がする。甘いお菓子はデザートに食べればいい。

アレックスはイタリア流を押しつけることなく、凛の自由にさせてくれる。「たまには和食もどうだ」などと言いだすこともあるほどだ。

フォカッチャにたっぷりの野菜と生ハムを挟んでほおばりながら、凛は「鈴音《すずね》は?」と首を巡らせた。

アレックスのカップにエスプレッソのおかわりを注ぎながら、ドナッジオが「温室ですよ」と答えてくれる。

「ルカにべったりだなぁ」などと、自分とアレックスのべたべたぶりを棚上げにして言いながら、凛は青い空を仰いだ。

足元には、寝そべる大型犬が二匹。

テーブルの向かいには、エスプレッソカップを口に運ぶ、絵になる紳士の姿がある。

この幸せを手にするために、凛にはもう少しのがんばりが必要だった。

「夕方の便だったな」

「はい」

凛は今日、鈴音と一緒にいったん日本に帰るのだ。

そうして、大学を辞めて、就学ビザをとって、もちろんお墓も直して、またイタリアに戻ってくる。語学学校に通いながら、アグリツーリズモで働いて、ベルリンゲル家の仕事を覚えるのだ。

この先もずっとアレックスと一緒にいられるように、まずは自分を磨《みが》かなくてはならない。そう決意したのだ。

「凛」

アレックスに呼ばれて、凛は椅子を立ち、テーブルをまわった。アレックスの傍らに立つと、リーチの長い腕が伸ばされて、膝に抱き上げられる。

「すぐに戻ってくるね」

「ああ、待っている」

「浮気しちゃヤだよ」

「誰に向かって言っている？」

「イタリア貴族の血を引く大金持ちの実業家でイタリア社交界の女性陣から注目を浴びまくってる色男」

油断ならないよ！　と凛が間近に睨むと、たまりかねたようにアレックスがククッと喉を鳴らして笑った。

「笑いごとじゃない！」

口を尖らせても、軽く啄まれ、すぐに解かれてしまう。

「凛こそ。戻ってこなければ、攫《さら》いに行く」

肝《きも》に銘《めい》じておけと言われて、凛は大きな瞳をパチクリさせたあと、「攫いに来てよ」とねだった。

それは迎えに来て、ということかと、アレックスが長嘆する。

そこへ、温室でルカとの時間を楽しんでいたはずの鈴音が駆けてきて、「凛！　聞いて！」と、アレックスの膝の上の凛に飛びついてきた。

「僕も、大学辞めることにした！」

「……は？」

「僕も、イタリアに戻ってくる！」

凛はもちろん、アレックスとドナッジオの視線も、誰に向けられたかといえば、鈴音を追いかけてきたルカ。何があったのか、少々困った顔をしている。

「鈴音、あのね……」

たじたじのルカに、

「僕、絶対に戻ってくるから！」

鈴音が噛みつく。

「えっと、だから……」

ふたりから鈴音を引き離しつつ、ルカが言葉を探している。

ふたりの関係が、進んでいるのかこじれているのか、わからないものの、どうやら少し先に、とても楽しい生活が待っているらしいことは、確信できた。

吹き抜ける風は長閑で何も変わらないけれど、午前中、雄大な姿を見せていたエトナ山の山頂に雲がかかりはじめて、時間の経過を知る。

そんなふうに、生きていけたらいい。

この土地で、ゆったりと流れる時間のなかで。

愛しいひとの傍らでなら、きっと幸せだ。

「凛」

甘い声に呼ばれて、凛は空を見上げていた視線を戻す。そこには、空より海より、深い青。

凛の大好きな色が、凛をその中心に捉えて、情熱的な光をたたえている。

鼻先をすり寄せて、キスをねだった。

あとがき

こんにちは、妃川螢です。この度は拙作をお手に取っていただき、ありがとうございます。シャレードさんでは、大変お久しぶりになってしまいました。またお呼びいただけて嬉しいです。

今回は、表紙のウエディングドレスといい、妃川にしては珍しい内容に思われるかもしれませんが、基本は超王道ラヴラヴＢＬですので、ご安心を。

私はこれまで、イタリア人男性はレディーファーストでやさしくて、あいさつのように女性を口説く……というイメージでキャラ設定もしていたのですが、それは北イタリア方面など、都会生まれ都会育ちのイタリア人男性に言えることであって、南イタリアのような田舎生まれ田舎育ちのイタリア人男性は、超亭主関白で、家のことはなにもしなくて、王様で、我が儘でやさしくもない……というような話を、某テレビ番組で、イタリア人女性数人がしていて、そーなのか……と、ちょっとショックでした。

シチリアはイタリアの南端ですが、でも今回の攻め様は、その限りではありませんので、凜くんはこの先も幸せに暮らせるものと思います。鈴音ちゃんのその後が気になる方は、編集部宛にリクエストをよろしくお願いいたします。

イラストを担当していただきました水貴はすの先生、このたびはお忙しいなか、ありがとうございました。

きっとすごいのが上がってくるに違いない……と思っていたら案の定、表紙のドレスの描写の緻密さに脱帽です。こんな素敵なドレスなら、攻め様もきっと、脱がせ甲斐があることでしょう（笑）。

お忙しいとは思いますが、またご一緒できる機会がありましたら、そのときはどうぞよろしくお願いいたします。

妃川の活動情報に関しては、ブログをご参照ください。

http://himekawa.sblo.jp/

皆様のお声だけが執筆の糧です。ご意見ご感想など、お聞かせいただければ幸いです。

それでは、また。どこかでお会いしましょう。

二〇一三年十一月吉日　妃川　螢

本作品は書き下ろしです

妃川螢先生、水貴はすの先生へのお便り、
本作品に関するご意見、ご感想などは
〒101-8405
東京都千代田区三崎町2-18-11
二見書房　シャレード文庫
「伯爵と身代わり花嫁」係まで。

CHARADE BUNKO

伯爵《はくしゃく》と身《み》代《が》わり花《はな》嫁《よめ》

【著者】妃川螢《ひめかわほたる》

【発行所】株式会社二見書房
東京都千代田区三崎町2-18-11
電話　03(3515)2311[営業]
　　　03(3515)2314[編集]
振替　00170-4-2639
【印刷】株式会社堀内印刷所
【製本】ナショナル製本協同組合

ISBN978-4-576-13187-0

http://charade.futami.co.jp/

CHARADE BUNKO

スタイリッシュ&スウィートな男たちの恋満載

妃川 螢の本

イリーガル・キス

——殺してください、あなたの手で

イラスト＝沖麻実也

亡き両親の思い出の地、シチリアの高級ホテル・パレルモを訪ねた大学生の悠麻。うっかり夜の屋外で一人になってしまい、危ないところをオーナーのリナルドに助けられる。美貌の紳士に貴族的にもてなされ、夢見心地の悠麻。だが幸せの記憶を胸に帰国を決めた直後、見てはいけない儀式を目撃し…。

新人小説賞原稿募集

400字詰原稿用紙換算
180〜200枚

募集作品 シャレードでは男の子同士、男性同士の恋愛をテーマにした読み切り作品を募集しています。優秀作は電子書店パピレスのＢＬ無料人気投票で電子配信し、人気作品は有料配信へと切り換え、書籍化いたします。

締　切 毎月月末

審査結果発表 応募者全員に寸評を送付

応募規定 ＊400字程度のあらすじと下記規定事項を記入した応募用紙（原稿の一枚目にクリップなどでとめる）を添付してください ＊書式は縦書きで1ページあたり20字×20行か20字×40行 ＊原稿にはノンブルを打ってください ＊受付の都合上、一作品につき一つの封筒でご応募ください（原稿の返却はいたしませんのであらかじめコピーを取っておいてください）

規定事項 ＊本名（ふりがな）＊ペンネーム（ふりがな）＊年齢 ＊タイトル ＊400字詰換算の枚数 ＊住所（県名より記入）＊確実につながる電話番号、FAXの有無 ＊電子メールアドレス ＊本賞投稿回数(何回目か) ＊他誌投稿歴の有無（ある場合は誌名と成績） ＊商業誌経験（ある方のみ・誌名等）

受付できない作品 ＊編集が依頼した場合を除く手直し原稿 ＊規定外のページ数 ＊未完作品（シリーズもの等）＊他誌との二重投稿作品・商業誌で発表済みのもの

応募・お問い合わせはこちらまで

〒101-8405 東京都千代田区三崎町2-18-11
二見書房シャレード編集部　新人小説賞係
TEL 03-3515-2314

✻ くわしくはシャレードHPにて http://charade.futami.co.jp ✻